El resbaloso
y otros cuentos

COLECCIÓN CANIQUÍ

EDICIONES UNIVERSAL, Miami, Florida, 1997
Reedición por Ediciones Universal, 2024

CARLOS VICTORIA

El resbaloso
y
otros cuentos

———

Primera edición, 1997
Reedición, 2024

EDICIONES UNIVERSAL
P.O. Box 450353 (Shenandoah Station)
Miami, FL 33245-0353. USA
Tel: (305) 642-3234 Fax: (305) 642-7978
e-mail: ediciones@kampung.net

Library of Congress Catalog Card No.: 97-80152
ISBN: 0-89729-853-5
ISBN 13: 978-0-89729-853-7

Diseño de la cubierta: Francisco León
Obra en la cubierta: Elpidio Huerta
Foto del autor: Eduardo Fajardo

A *José Rodríguez Lastre
y Benigno Dou*

ÍNDICE

La estrella fugaz 9

El resbaloso. 35

El novio de la noche 59

Pornografía 67

La ronda 79

El novelista 93

La herencia 133

Sobre el autor, Carlos Victoria 141

La estrella fugaz

a *Ramón Alejandro*

I

Tres hombres se han sentado junto al río Miami y observan en silencio las barcazas, los muelles, los pontones, los puentes levadizos. Una lancha de motor atraviesa la turbia cinta de agua; en un extremo de la embarcación, un muchacho de piel intensamente blanca, de pie, hace unas señas a las nubes, al cielo; en el otro, un jovencito negro, inclinado sobre la borda, mete las manos dentro de la corriente, como si se lavara los dedos, o intentara una forma absurda de pescar. Anochece.

Los tres hombres, reunidos desde el mediodía, cargan legajos de papeles metidos dentro de cartulinas, repletos de palabras escritas por ellos mismos, que durante la tarde se han leído en voz alta, por turno, bajo los árboles del parque de enfrente. Concluida la lectura, han cruzado la calle y se han sentado en un pequeño malecón junto al río. El agua huele a escamas, a tintura de yodo, a sumidero. Los árboles del parque se han llenado de pájaros cuyo escándalo trastorna la sombra.

Este parque, a un costado del centro de Miami, servía en esa época de refugio para vagabundos, gente venida a menos, borrachos, prostitutas, locos y drogadictos. Y estos tres hombres, uno loco, otro borracho y drogadicto, y el otro, en una peculiar acepción del término, un prostituto, se sentían en el sitio a sus anchas.

Habían venido de un país que proclamaba ser una tierra de

héroes, que imponía a punta de pistola virtudes en las que casi nadie creía, y mucho menos ellos, que por pura venganza se habían dedicado a pisotearlas con el ejemplo de sus propias vidas, jugándose en el reto la supervivencia. En esta lucha contra la corriente, algo se había estropeado en cada uno. Sin embargo, hasta esta tarde de mediados de los años 80, los tres habían conseguido durar.

El loco, William, colérico, desarrapado, víctima de perpetua carraspera, escribía una novela sobre una siniestra casa de huéspedes en el corazón de Miami; el borracho y drogadicto, Marcos, cuentos sobre su juventud en Cuba; y el prostituto, Ricardo, la historia de un portero alucinado en un edificio de Nueva York.

A esta hora de la tarde, bandadas de gaviotas se posaban cerca del malecón, sacudiendo sus plumas manchadas de sargazo; los hombres, agotados por las horas de lectura, permanecían tan quietos que las aves revoloteaban en torno a ellos sin temor y sin desasosiego, como si los tres, en vez de carne, de huesos y de sangre, estuvieran hechos de piedra o de madera. Pero su tranquilidad era una simple tregua, una engañifa poco convincente. Nada podía calmar el tumultuoso río que a su forma arrastraba a cada uno, muy distinto al que frente a ellos ahora se deslizaba con quietud, donde cruzaban yates de lujo y barcos herrumbrosos, donde se reflejaban modernas autopistas y astilleros decrépitos, imitando con sus violentos contrastes a la vida. Rápidamente la luz se reducía a un tinte umbrío. Del río se alzaba un humo de frialdad.

—Tengo hambre —dijo William.

Fueron de inmediato a comer a una pescadería cerca del malecón; las mesas llegaban al borde del agua. Devoraron los pargos, el arroz, los frijoles, sin preocuparse de que a su alrededor algunos comensales miraban con disgusto su falta de modales: hablaban con la boca llena, se atragantaban, se salpicaban la ropa de salsa; William y Ricardo hacían chistes sobre sus respectivas dentaduras postizas; a Marcos se le atoró una espina en la garganta, que al fin logró escupir entre toses y arqueadas, ante los aspavientos de sus dos amigos.

Con diferencia de cuatro o cinco años, rondaban los cuarenta. Sólo Ricardo había triunfado como escritor, y tanto William como Marcos envidiaban sus libros publicados, algunos traducidos al inglés y al francés. En el fondo cada uno se sentía superior a los otros; tenían visiones literarias distintas; sus estilos chocaban entre sí; pero también se admiraban, y aunque en muchas ocasiones reñían, había momentos, como esta tarde y esta noche, en que llegaban a amarse.

El carácter irascible, la inaudita capacidad de rencor de William y Ricardo dificultaban la relación entre ambos, por lo que Marcos venía a ser un mediador o intérprete. Los dos lo apodaban *el santo*, a veces con afecto pero otras con saña.

—El santo quiere demostrarnos su superioridad —decía William, moviendo las mandíbulas como si masticara, al comentar un gesto generoso de Marcos.

—La gata de María Ramos —decía Ricardo, con su voz atiplada—. La mosquita muerta. El lobo vestido de oveja.

—Los comprendo a los dos —decía Marcos, esquivando los ojos de sus jueces—. No hay nada que irrite más que la bondad.

En ese instante Ricardo y William lo miraban con odio. El odio los esclavizaba a los dos.

Marcos también podía odiar con vehemencia, pero el encono le llegaba en ráfagas, como un atroz fogaje que de inmediato se desvanecía. Luego de odiar quedaba exhausto, como el que acaba una larga carrera y jadeando se tumba sobre la hojarasca. Cuando el odio lo atacaba de repente, se emborrachaba y se drogaba hasta perder el sentido, y al otro día, hincado por la culpa y la vergüenza, se uncía de nuevo el yugo de la caridad.

Ricardo lidiaba de una forma distinta con sus odios: los cultivaba, les daba cauce con su maledicencia, humillando a cualquiera, destruyendo, armando peloteras, calumniando. Pero luego, como un niño después de una perreta, sin percatarse del bulto de destrozos, se sentaba con fértil entusiasmo a escribir sus novelas insólitas.

William, por el contrario, no alimentaba el odio; el odio lo alimentaba a él. El odio lo hacía oír voces, ver enemigos en cada rostro, escuchar insultos en cada frase. Por odio enflaquecía hasta volverse este desecho humano, este espectro cuya mirada llena de desprecio asustaba.

Pero esta noche de finales de octubre los tres reían o guardaban silencio con una especie de sonrisa matrera: cada uno sospechaba que lo que había leído había impresionado a los otros dos. Como hombres dedicados a sacar a la luz los secretos, se observaban calculadoramente entre sí, espiando de reojo los gestos, las miradas, los contornos del rostro, el énfasis en alguna expresión dicha con imprudencia. Ni siquiera en una reunión entre amigos podían dejar a un lado el oficio que había hecho de sus vidas un arisco remedo de la realidad.

Habían empezado a leer en un rincón del parque, alejados de los merodeadores, en un banco roto bajo un flamboyán; mientras uno leía sentado sobre el banco, los otros dos se acostaban sobre las hojas secas, cuyo color de mortandad realzaba las flores de un punzante naranja que caían de las ramas, sumándose al detrito que cubría la tierra.

Hombres tiznados, como si se hubieran zambullido en hollín, cruzaban por los senderos interiores del parque, cargando en carros de supermercados sus sucias y preciosas pertenencias. Una mujer descalza, desgreñada, con el rostro exageradamente maquillado, dormitaba bajo una palma enana, tal vez víctima de un abrupto soponcio. Jóvenes macilentos cuchicheaban sentados en el tronco de un árbol caído, cuyas raíces apuntaban en todas direcciones, como un loco abanico en el que prosperaban los insectos.

El capítulo de la novela que William leía describía un mundo parecido al del parque; Ricardo, con la cabeza recostada a una penca, escuchaba con los ojos cerrados; Marcos, atento a la lectura pero a la vez a los alrededores, sentía que las palabras de William materializaban el sórdido escenario, de modo que le resultaba difícil distinguir entre los personajes de la narración y los bergantes que deambulaban entre árboles y estatuas, pisoteando la hierba.

Un pordiosero con un pañuelo rojo atado en la cabeza, que exigía con voz ronca dinero y cigarrillos, los obligó a trasladarse a un costado del parque, a los escalones de un templo, cuyo friso ostentaba en relieve la inscripción *Scottish Rite*. Aves míticas esculpidas en bronce levantaban sus alas en el techo.

—Eso de rito escocés me sugiere un festín sexual —dijo Ricardo.

—A mí un acto de magia negra —dijo William.

—Es más simple, debe ser una logia masónica. Los escoceses

fueron pioneros de esas fraternidades, y en la Edad Media los albañiles y los constructores de catedrales se organizaron en sectas. Es increíble que al cabo de los siglos hayan venido a parar aquí. ¡Qué persistencia!

Marcos, exaltado, gesticulaba al hablar; luego guardó silencio. Al rato William dijo:

—Un santo racional y erudito.

—Un aguafiestas —dijo Ricardo.

—No jodas más y lee —le dijo Marcos a Ricardo, que con gran teatralidad comenzó a recitar un poema. De pronto se detuvo en el medio de un verso y con sonrisa malévola aclaró:

—No lo escribí yo. Lo escribió esa rata de alcantarilla, ese ser inmundo que prefiero no nombrar. Pero quería ponerlos *en situación* antes de leerles mi capítulo, que tiene una *sutil* relación con este texto insípido y de mal gusto.

Pero después de una hora de lectura, los tres se vieron forzados a encontrar otro sitio: los anchos escalones del templo se habían llenado de vagabundos, que esperaban la llegada de un camión del Ejército de Salvación que repartía comida al atardecer. La tropa zarrapastrosa murmuraba; sus voces se entrelazaban formando un zumbido; sus manos se aferraban a fardos y tarecos, que colocaban con extremo cuidado sobre la escalinata; sus ojos escrutaban y sus cuerpos hedían.

—No hay paz, no hay paz —protestaba Ricardo, dando pequeños saltos y manoteando al cruzar entre ellos.

Los escritores regresaron al banco bajo el flamboyán, donde Marcos leyó dos relatos. El estrépito distante de los vehículos en las autopistas, que se volvía más denso en esta hora de tráfico, servía de fondo a su voz temblorosa. Cuando Marcos acabó de leer, William dijo:

—Hay algo en esos cuentos, hay algo de verdad, pero es difícil determinar qué es. Es como un estado de ánimo.

—Maravillosos —dijo Ricardo—. Sólo les falta un poco de cocina literaria. Un poquito de *sazón*, una calentada primero a fuego lento y luego a fuego vivo, y listos para la mesa.

—Tal vez les haga falta un poco de chacota, de perversión —dijo William—. Pero no es posible esperar eso de un—

—Al carajo —dijo Marcos, poniéndose de pie, observando a un mendigo que echado sobre una piedra imitaba el gorjeo de los pájaros que comenzaban a inundar los árboles—. Vamos a sentarnos en el malecón.

Una lancha de motor trepidante, tripulada por un negro y un blanco, cruzaba el río dejando grietas de agua estropeada. Luego en el restaurante los tres devoraron la comida con precipitación, como come la gente nerviosa e impaciente, o la que alguna vez ha pasado hambre. Al terminar regresaron al muro. Ya era de noche, y las gaviotas habían desaparecido; sólo un pelícano de pico depravado se posaba sobre una empalizada, fingiendo dormir. Los tres se tendieron en el malecón, de cara al cielo repleto de estrellas, cuyo brillo sobrevivía a pesar del chillón resplandor del centro de la ciudad.

En la orilla del río se amontonaban barcos arrimados como colinas de chatarra, de proas despintadas y mástiles ruinosos, en cuyas puntas flotaban banderas, telas gastadas que representaban vastos fragmentos de tierra, cuencas de continentes, penínsulas, islas. En embarcaciones semejantes los tres habían cruzado años atrás el Estrecho de la Florida, negando así (según se les dijo y se les repitió antes de la partida, entre golpes e injurias) un pedazo de tela que simbolizaba lo mismo que éstos que ahora ondeaban en el aire oscuro.

En las cubiertas, entre contenedores gigantescos, deambulaban marinos solitarios, o estibadores que amarraban sogas. Grúas de brazos ominosos rozaban con sus ganchos las popas mugrientas. El palo mayor de un antiguo velero, abandonado entre vigas mohosas, se hallaba totalmente cubierto de hierba, como un árbol inclasificable, a la vez mineral y vegetal. Más allá del puente levadizo, los altos edificios demarcaban con sus frígidas luces lo que Ricardo llamó *la línea de flotación del cielo*.

En ese instante una chispa cruzó entre las estrellas, maromera, volátil.

—¿La vieron? —preguntó Marcos— ¿Pidieron algo?

—Sí —contestaron los dos al mismo tiempo.

La sirena de un buque bramó junto al puente, que se abrió poco a poco para dar paso a la mole de hierro. Los faros de los autos se acumulaban en la alta autopista.

—Vámonos —dijo William.— Otro día volvemos.

Mientras los tres caminaban por la avenida que bordeaba el río, un barco destartalado comenzó a desplazarse muy cerca de la orilla, ignorando el peligro de encallarse. Un hombre fumaba junto a la escotilla, por la que asomaban un mono y una cabra.

—El Arca de Noé —dijo Ricardo.

El estribor desollado del buque casi rozaba las puntas de los muelles. En la proa, dos hombres desenredaban cuerdas cuyas puntas se deslizaban como furtivos reptiles hasta tocar el agua. De repente uno de ellos agitó el brazo, como si saludara. Luego el barco prosiguió río abajo, sin detenerse en los embarcaderos, sobresaltando el aire con su ronca sirena hasta desvanecerse en los meandros.

II

Dos años después de esta reunión, Ricardo descubrió que padecía una enfermedad incurable y mortal. Se había mudado para Nueva York, donde se sentía a gusto entre las multitudes, hormigueando entre los rascacielos, entrando y saliendo de baños de vapor, de cines para adultos, viajando en trenes arropado en bufandas, escribiendo novelas en su cuchitril de un barrio peligroso de Manhattan. Pero al saber que estaba enfermo decidió regresar a Miami, la ciudad que amaba y odiaba. Llegó escuálido, tosiendo como un tuberculoso, y Marcos lloró al verlo. Al otro día ingresó en el hospital.

La habitación junto a la bahía, con su espléndida vista de islotes y ensenadas, invitaba a la vida. Los yates se enchumbaban con la marea verdosa; las olas formaban farallones de espuma. Marcos lo visitaba y le leía a Cervantes, a Góngora, a Quevedo, porque la enfermedad había despertado en Ricardo una predilección por el Siglo de Oro. Detrás de tubos, máscaras de oxígeno e inacabables botellones de suero, escuchaba con avidez; a veces levantaba la cabeza de la almohada, alerta, como si lo hubieran llamado por su nombre; luego cerraba los ojos y volvía a recostarse, hasta que poco a poco se quedaba dormido. Marcos salía sigiloso del cuarto.

A pesar de todos los pronósticos, el paciente macilento comenzó a mejorar, y luego a protestar, a insultar a médicos y enfermeras

(Marcos de vez en cuando recibía un ramalazo), y al ser dado de alta había recuperado su energía. A los dos meses parecía cualquier cosa menos un hombre enfermo.

—No resisto a Miami, no resisto esta aldea, no la resisto —decía—. Vine porque quería morirme junto al mar.

—Hierba mala nunca muere —decía Marcos.

—No es verdad. Yo noto que me estoy volviendo *bueno*, claro que *nunca como tú*. En mí eso es un síntoma fatal, y tengo que tomar medidas contra esta debilidad mierdera. Yo le he hecho daño a mucha gente, querido, y todavía me falta mucha, mucha. Mis enemigos no se van a dar el gusto de verme convertido en una piltrafa. Y además tengo que terminar dos novelas, seguir jodiendo a esos hijos de puta que han destruido a Cuba, poner en orden mis papeles. Y voy a hacer también mi testamento.

—No seas melodramático. Tú me entierras a mí.

—Yo no estoy tan seguro. Los *santos* pueden durar cien años.

Una tarde llamó por teléfono a Marcos desde el aeropuerto.

—Me voy para Nueva York dentro de quince minutos.

—Estás loco.

—Yo te llamo o te escribo. No te preocupes, hay Ricardo para rato. Miami me deprime, me asfixia, y yo necesito respirar, querido. *Respirar*. Vendré cuando empiece el invierno.

—Estás loco, estás loco. Más que viajes te hace falta descanso.

Pero Marcos se equivocaba: la vida de Ricardo dependía de moverse, de andar de un lado para otro, imaginando historias, peleándose con medio mundo, redactando manifiestos políticos, burlándose de todo. El sosiego en él equivalía a la muerte.

En realidad era William el que estaba cada vez más loco: llevaba meses sin escribir, pidiendo limosnas en las cafeterías, deambulando por La Pequeña Habana, hablando solo en alta voz, quejándose de que los viejos en el *boarding home* lo espiaban, creyendo firmemente que la gente en la calle se reía de él, haciéndole la vida imposible a Marcos cada mañana alrededor de las once, cuando con puntualidad inexorable lo llamaba por teléfono.

—¿Y qué? —preguntaba William— ¿Qué hay de nuevo?

—Nada. Tratando de escribir. ¿Cómo estás tú?

—Me dices que estás tratando de escribir para hacerme saber que te estoy molestando.

—No me molestas, te lo he dicho mil veces. ¿Cómo está esa novela?

—No sale. Ahora se me ocurrió otra idea. ¿Te la cuento?

Y durante media hora William, carraspeando, relataba el argumento completo de un libro (Marcos estaba seguro de que improvisaba), detallando con minuciosidad situaciones, personajes y diálogos, impostando la voz cuando hablaba una mujer o un niño. Cuando terminaba, sin aliento, preguntaba con temor:

—¿Qué te parece?

—Genial. Genial.

(Marcos no mentía: la capacidad de fabular de William era extraordinaria.)

—No me digas que es genial. Eso lo dices para salir del paso.

—Te digo que es buenísima. ¿Por qué carajo no te sientas a escribirla?

—No puedo. Las pastillas que estoy tomando no me dejan concentrarme.

—Deja de tomar las pastillas.

—Si dejo de tomarlas oigo voces.

Marcos entonces no sabía qué decir. Se despedía murmurando una excusa, y regresaba a sus páginas llenas de tachaduras. El gato en el sillón lo observaba con ojos inquisitivos. En el cuadrado de la ventana los árboles, sometidos al resplandor, se erguían extrañamente quietos, como esperando que alguien destruyera su inercia bajo el implacable mediodía de Miami. Más allá del follaje, fachadas de edificios recién construidos reflejaban el sol en sus paredes desprovistas de historia. Marcos describía en el papel un cielo oscurecido, un aire de tormenta, tal vez una leve ráfaga invernal, mientras afuera el estático calor quebrantaba la voluntad, la imaginación, el impulso.

A medida que pasaban los meses William hablaba cada vez menos de literatura. Pero el teléfono seguía sonando rigurosamente en el cuarto de Marcos a las once de la mañana.

—¿Y qué? ¿Qué hay de nuevo?

—Nada.

—¿Tratando de escribir?

—Más o menos. ¿Cómo va esa novela?

—No sirve. La novela no sirve, yo no sirvo. Estoy planeando matarme.

—No hables mierda.

—Lo único que me falta decidir es cómo lo voy a hacer. Ahorcarme no me gusta. Ni cortarme las venas. Tomar pastillas es cosa de maricones. Si me consiguiera una pistola—

—¿Por qué hablas tanta mierda?

—Fíjate bien, Marcos, lo único que te pido es que me incineren. Te pido que seas tú el que te ocupes de eso. Me da lo mismo lo que hagas con las cenizas, las botas, las entierras, cualquier cosa. Pero quiero que seas tú el que te encargues de eso. No dejes que mi puñetera familia haga nada. No quiero tener nada que ver con ellos ni después de muerto.

Marcos colgaba el teléfono. A los dos minutos sonaba otra vez.

—Si sigues hablando mierda vuelvo a colgar.

—Perdóname, viejo, perdóname. Es que hoy estoy muy deprimido. ¿Cuándo vas a venir a verme?

—No sé, a lo mejor el viernes.

—Te espero el viernes. Traeme veinte dólares. Y un cartón de cigarros. Marlboro Lights.

—¿Desde cuándo cambiaste de marca?

—Desde hoy por la mañana. Los otros me dan asco.

El viernes por la tarde un Marcos vacilante entraba en el vestíbulo de aquella especie de hotel desbaratado, donde un predicador con acento cubano vociferaba en el televisor, mientras un par de ancianos cabeceaban en sillones hundidos frente al aparato. Subía las escaleras de madera como el que se dirige a un calabozo, tratando de ignorar el olor a humedad y a orine. La puerta del cuarto de William estaba de par en par. William lo recibía tirado en un camastro, tapado con una sábana a pesar de estar totalmente vestido, fumando, rodeado de ceniceros repletos de colillas, de platos con restos de comida petrificada, de vasos nublados por el polvo, de libros.

—William, ¿qué tú haces tapado con este calor? ¿Tienes fiebre?

—Iba a salir, pero después me arrepentí. Me tapé con la sábana porque si ellos pasan por el pasillo y miran para acá piensan que estoy enfermo, y me dejan tranquilo. A ellos les interesa la salud, no la enfermedad.

—¿Quiénes son ellos?

—¿Ellos? ¿Qué quiénes son ellos? ¿Quiénes van a ser? Los que me vigilan día y noche. Los que quieren destruirme. Pero si me ven enfermo me dejan tranquilo.

Marcos, después de colocar el billete de a veinte y el cartón de cigarros en la mesa, se sentaba en el borde de una silla, evitando mirar directamente el rostro de su amigo, mientras pensaba en algo que decir. Una fila de hormigas cercaba unas hilachas de carne cetrina amontonadas en un plato en el piso.

—Hoy recibí una carta de Ricardo. Estuvo ingresado otra vez, acaba de salir del hospital. Parece que está mal, va a regresar a Miami.

William se quitaba la sábana. Su ropa olía como si muchas veces se hubiera empapado en sudor y se hubiera secado encima de su cuerpo.

—Si viene no quiero verlo. No quiero que me vea en estas condiciones. Ricardo se alegra del mal de los demás.

—¿Cómo vas a decir eso, William? Ricardo está mil veces peor que tú. Me dijo que había perdido cuarenta libras. Y él no se alegra de que tú estés mal, él te admira y te aprecia.

—Sí, claro, él me admira y me aprecia. ¿Y cómo no me ha ayudado a publicar mis novelas? El tiene palanca con los editores.

—Tenía, ya no la tiene. Le han cerrado las puertas por su posición política.

—¿Y cómo no me ayudó cuando tenía palanca? Nunca quiso darme una mano.

—William, la cosa no es tan fácil. Ricardo puede ser terrible con la gente, pero ni tú ni yo podemos quejarnos de él.

—Está bien, defiéndelo. Tú no lo conoces como yo. Yo lo conozco desde hace veinte años, lo conocí en Cuba cuando no era nadie, un guajirito maricón que acababa de publicar su primera novela. Y yo nunca pude publicar la mía, que era mejor que la de él. Cuando publicó la segunda en México me prometió que le iba a dar mi manuscrito a su editor, pero luego se puso a darme excusas y nunca le dio nada. Y hasta el sol de hoy. Después, cuando cayó en desgracia—

En ese instante una anciana se asomaba en la puerta y pedía con voz llorosa un cigarro.

—¡No hay! —gritaba William.

—Sí, sí hay —insistía la anciana—. Un cigarrito, por favor.

William se levantaba de un salto de la cama, se desabrochaba la portañuela y se sacaba el pene.

—¡Esto es lo que hay, vieja! ¡Esto es lo único que hay!

La anciana desaparecía en el pasillo, murmurando blasfemias. Marcos aprovechaba para despedirse de prisa. Hasta la mañana siguiente, a las once, cuando el teléfono volvía a desgañitarse.

A las dos de la tarde llegaba el cartero. Marcos había enviado el manuscrito de su libro de cuentos a varias editoriales y esperaba impaciente una respuesta. Pero las pocas veces que llegaba alguna era en forma de carta impersonal, obviamente un modelo de la casa editora para librarse de los impertinentes, donde se precisaba que debido al gran número de proyectos, no era posible tomar en consideración... Marcos ripiaba el papel. Podía haberlo masticado, escupido, pero se limitaba a reducirlo a minúsculos fragmentos, que luego echaba en la taza del servicio. Verlos perderse en el remolino de agua lo aliviaba durante segundos. Salía y compraba una pinta de vodka, que tomaba con jugo de naranja encerrado en el cuarto, mientras leía en voz alta a Keats. Por la noche recorría bares de mala muerte, oliendo cocaína, fumando marihuana, atragantán- dose con buches de cerveza, y al otro día sólo recordaba truncas escenas de sus aventuras.

Una tarde el cartero le entregó un bulto gigantesco: Ricardo le enviaba los manuscritos de sus dos últimas novelas desde Nueva York. La loma de papeles estaba encabezada por una breve carta, con instrucciones, recomendaciones. Tres días después una llamada despertó a Marcos por la madrugada. Un amigo periodista le dijo con voz precipitada:

—Ricardo se suicidó.

Por la mañana los periódicos anunciaban la noticia en primera plana. Allí estaba la foto de un hombre sonriente, empeñado perpetuamente en lucir juvenil y buen mozo. Marcos no deseaba mirar sus ojos, sus cejas pronunciadas; arrancó la página, la dobló y la guardó en un libro. A las once el teléfono sonó.

—¡Marcos, Ricky se fue! ¡Se la dejó en la mano a todos, Marcos! ¡Qué tipo, qué cojones! ¡El escritor más grande de Cuba, Marcos! ¡Estúpido, no hay que llorar! ¡Hizo lo que tenía que hacer, lo único que se puede hacer! ¿Tú me oyes, Marcos? ¡Se me adelantó, el muy cabrón! ¡Qué tipo, Marcos, qué tipo! ¡No llores, no hay que llorar, comemierda! ¡El está feliz, al fin demostró que tenía cojones!

A partir de ese instante William sólo hablaba de su muerte inminente, que ocurriría esta tarde, o mañana, o a más tardar la semana que viene. Marcos ya ni siquiera trataba de llevarle la contraria. Lo visitaba dos veces al mes, le llevaba dinero, libros y cigarros. No subía al cuarto; William lo esperaba en el portal de aquel enorme caserón construido a principios de siglo, cuando nadie esperaba que Miami se convirtiera en este raro sitio donde gentes radicalmente distintas entre sí habían confluido desde puntos remotos, determinadas a vivir y morir. Los locos, los ancianos, los retrasados mentales, los hombres cincuentones de piel erosionada por diversos excesos, se mecían en los balances, al fresco, entre las sierpes de los buganviles, que trepaban por postes, paredes y tejas.

—Antes de Navidad —decía William—. A los cuarenta y siete años.

Marcos asentía con la cabeza.

—¿Qué pasa, no me crees?

—Claro que te creo.

—Ya sabes lo que te he dicho. No quiero que mi familia se ocupe de nada. Tú eres el que tienes que hacerte cargo de todo. Júrame que lo vas a hacer.

—Lo que tienes que hacer es ponerte a escribir.

William daba una patada en el piso. Su carraspera se agravaba al gritar:

—¡No me hables de escribir! Ya yo escribí todo lo que tenía que escribir. Dos novelas —de pronto sonreía tenuemente y agregaba—. Excelentes, las dos. Como decía tu querido Keats: "Yo sé que mi nombre estará entre los poetas".

—Keats tenía tuberculosis. Tú estás sano.

—Marcos, no me mortifiques. Júrame que vas a hacer lo que te pedí.

—Te lo juro.

William se olía las axilas, miraba a su alrededor y decía en voz baja:

—Ellos piensan que soy un cobarde. Les voy a demostrar de lo que soy capaz. Tú mismo, aunque dices que sí, en el fondo no crees que yo pueda matarme.

—Ojalá que no lo hagas. Tienes todavía mucho que hacer.

—No tengo nada. Sólo hay algo que tengo que hacer. ¡Valor tengo, cojones! ¿No crees que tengo valor?

—Lo tienes —decía Marcos, bajando la mirada.

William lo acompañaba hasta el carro, gesticulando. Marcos arrancaba el motor y se marchaba mirando por el espejo retrovisor al hombre demacrado que se quedaba rígido en la acera, con las manos metidas dentro de los bolsillos y los ojos tercamente fijos en los inofensivos buganviles.

—Nunca —pensaba Marcos—. Nunca.

Pero como le ocurrió con Ricardo, con William Marcos se volvió a equivocar.

III

Los libros póstumos de William y Ricardo fueron publicados con una nota breve en la que el editor agradecía la labor de Marcos, que pasó en limpio los manuscritos y corrigió las galeras. Marcos a veces se sentía culpable de haber sobrevivido, y le daba vergüenza contestar las preguntas que le hacían lectores entusiastas sobre sus dos amigos. La gente componía a su manera máscaras, rostros, defectos y virtudes de los dos escritores, parodiando, exaltando y corrompiendo el tejido vital de su memoria. Incluso Marcos, cuando los evocaba, tenía la hiriente impresión de deformarlos.

El hecho de no haberlos visto muertos lo ayudaba a mantener la ilusión de que algún día tal vez tropezaría con ellos en una playa, en una biblioteca o en la entrada de un hotel (por alguna razón estos tres lugares le parecían los más satisfactorios), pero poco a poco comenzó a aceptar que la escritura era lo único que podía esperar de los dos.

A mediados de los años 90 el parque y el malecón junto al río fueron cercados, para impedir el paso de los vagabundos. Por esa época, y cerca de este lugar, Marcos tuvo una aventura relacionada con la inclinación a hacer favores que le había ganado con sus dos amigos el apodo de *el santo*. En realidad ni siquiera sabía por qué acababa siempre ayudando a la gente; ignoraba si era debilidad, sentimentalismo o nobleza, o una manera de compensar su oculto desapego, o de disimular su frigidez.

Luego de una función de cine, cuando se encendieron las luces, una mujer de unos 40 años, desparramada sobre la luneta, dormía con la boca abierta, roncando aparatosamente; al pasar junto a ella, Marcos sintió un fuerte olor a licor. En los pasillos y las filas de asientos se amontonaban vasos, servilletas, rosetas de maíz, restos de pan, mostaza y encurtidos, como si en vez de una simple película, en el local hubiera tenido lugar una orgía; la mujer misma, que a pesar de su estado se hallaba elegantemente vestida, parecía una figura de bacanal. Marcos se inclinó sobre ella y le tocó un brazo.

—Señora, la película se terminó.

La mujer entreabrió los ojos y de súbito se puso de pie, impulsada por una extraordinaria energía. Agarró su cartera febrilmente y salió del local dando tumbos, sin mirar a Marcos. En el estacionamiento vacío la mujer daba vueltas tratando de orientarse.

—¿Usted vino en su carro? —preguntó Marcos, acercándosele con cautela.

La mujer se negaba a contestar. Miraba hacia los árboles, hacia las vacuas paredes del teatro, y luego echaba un rápido vistazo a sus zapatos, al parecer pesando el pro y el contra de sus movimientos.

—Si usted vive cerca de aquí puedo llevarla a su casa. Do you speak Spanish?

La mujer asintió con la cabeza. Sacó de la cartera una polvera y un creyón de labios y se maquilló un poco. Luego, trastabillando, se paró fente a Marcos y le dijo:

—Yo vengo de otro mundo.

—No lo dudo. Pero ahora está en Miami. ¿Dónde vive usted en Miami?

La mujer hizo un gesto de desdén, mientras se peinaba con los dedos.

—Todos se fueron y me dejaron sola. Mis hijos, mi marido. Todos me odian porque saben que yo vengo de allá, de un lugar donde todo es distinto.

—Yo también vengo de un lugar donde todo es distinto. Usted está borracha, ¿no? Dígame dónde vive y la dejo en su casa. O si quiere puedo llevarla al *detox*, una clínica para la gente que tiene problemas de alcoholismo. Allí la van a ayudar.

Marcos había dejado de beber y de consumir drogas, y siempre que podía hacía con discreción algún proselitismo.

—Yo no tengo ningún problema de alcoholismo —espetó la mujer, mostrando las manos cubiertas de anillos, como si las joyas (obviamente falsas) fueran su incontestable garantía contra el vicio—. ¿Usted se imagina lo que es tener un gato, un solo gato, lo único que tengo en el mundo, lo único que me ha sido fiel, y que vengan unos perros furiosos y lo maten?

Marcos tosió levemente.

—Qué lástima, eso es—

—¡No me diga que es karma! —gritó la mujer, amenazante.

—Yo no le he dicho nada —dijo Marcos, dando un paso atrás. El aliento de whisky lo mareaba.

La mujer respiraba agitada; sus senos batallaban contra la tela ceñida de la blusa.

—Yo conozco esa historia, yo conozco esa historia —dijo la mujer, y comenzó a registrar con afán su bolso de gamuza—. Todo el mundo viene con lo mismo. Las lagartijas matan a las moscas, los gatos matan a las lagartijas, los perros matan a los gatos, los hombres matan a los perros, los hombres matan a los hombres. Y Dios los mata a todos. ¿O es el diablo el que mata? —y cerrando con brusquedad el bolso, agregó mirando fijamente a Marcos—. Pero yo soy la dueña de mi propio destino. Yo vine aquí porque quise, nadie me trajo, nadie me obligó. ¿Que me equivoqué, me va usted a decir? Es posible, sí, es posible. Pero yo asumo la responsabilidad por mis actos. Hasta el final, óigame bien: hasta el mismísimo final.

Marcos parpadeaba y tragaba saliva, pero al fin logró hablar con firmeza:

—Todo eso está muy bien, me parece muy digno, pero ahora tengo que irme. ¿Usted tiene dinero para un taxi?

—¿No me dijo que me iba a llevar a mi casa? Yo vivo al lado del downtown.

En el asiento del carro, junto a Marcos, la mujer volvió a maquillarse sin dejar de hablar.

—¿Usted conoce el mundo, la gente? Le estoy hablando del

mundo de verdad, la gente de verdad. Yo he vivido en cuatro países, fíjese bien. Y tengo cuarenta y cinco años, aunque todo el mundo dice que parezco más joven.

—Es cierto que parece más joven —dijo Marcos, que sujetaba el timón con brazos rígidos, conduciendo con extrema lentitud, como si la velocidad pudiera complicar aun más su situación.

En ese instante la mujer se volvió completamente hacia él y le clavó en el hombro la punta de un seno, como una pistola.

—Usted es un hombre inocente —dijo, sonriendo por primera vez—. ¿Nunca se lo han dicho, que usted es un hombre inocente? ¿Es una pose, o usted es inocente de verdad?

—No tanto —dijo Marcos, un poco más seguro de sí mismo, y sonriendo también—. No tanto.

—Usted se parece al primer esposo que yo tuve —dijo la mujer, y agregó suspirando—. Yo misma lo maté.

Marcos frenó de golpe.

—Usted no debe tomar. La bebida le hace daño, no sabe lo que habla.

La mujer, recuperándose de la sacudida, se echó a reír y se pasó la mano por la cara. A Marcos le pareció que trataba de cambiar sus facciones, o tal vez de borrarlas.

—Era un chiste, joven. Yo sería incapaz de matar a una mosca. Y menos a ese hombre. Nos separamos amistosamente, no he vuelto a saber de él. Fue mi primer amor.

El automóvil arrancó de nuevo, imponiéndose a la poca voluntad del chofer. Pero antes de llegar al puente levadizo de Flagler, como si obedeciera finalmente al ánimo del dueño, comenzó a resoplar, a cancanear, hasta que el motor se apagó de repente.

—Se recalentó —dijo Marcos—. Le pasa a cada rato, ahora hay que esperar a que se enfríe.

—Mi casa está cerca —dijo la mujer—. A la bajada del puente. Puedo ir caminando.

—Si quiere la acompaño.

—Gracias, se lo acepto. De noche este barrio no es de los mejores.

La mujer había adquirido de pronto un aspecto sobrio, que

Marcos atribuyó al aire que había entrado por la ventanilla durante el viaje. Con el creyón revivió una vez más sus labios finos, y con el lápiz oscureció sus cejas, antes de bajarse con un gesto decidido del carro, cuyó capó había empezado a humear.

Sin embargo, mientras cruzaban el puente, la mujer no acababa de hallar el equilibrio. Marcos le ofreció el brazo, que ella sujetó con timidez, diciendo:

—Me llamo Irene.

Marcos se presentó formalmente, con nombre y apellido. Estuvo incluso a punto de decirle que era escritor, pero decidió callarse: su primer libro, escrito en otra década, había entrado en la imprenta la semana pasada, y era posible aún que un accidente impidiera su publicación. Frente a ellos los imponentes edificios y la intrincada madeja de autopistas refulgían con frialdad.

La mujer vivía junto al río, en una vieja casa de madera de dos plantas, rodeada por un jardín en el que sobresalía un rosal. Pese a sus dos pisos era sumamente pequeña, con un aire artificial, como si en vez de vivienda fuera una simple muestra de un estilo arquitectónico pasado de moda, que había sobrevivido a las demoliciones para quedar como objeto de curiosidad. Luego de esfuerzos fallidos con la llave, la mujer consiguió abrir la puerta.

—Si quiere tomarse un trago...

—Yo no tomo ningún tipo de bebida alcohólica. Pero si tiene otra cosa, algún refresco...

Ambos gesticulaban vacilantes en el oscuro portal.

—Debo tener algo, pase. No se fije en el reguero. Yo me mudo mañana, me voy para Nueva York.

Pasaron por encima de cajones, de muebles apilados. La mujer comenzó a subir las escaleras; sus muslos eran firmes y su ropa interior tenía un brillo rosado. Marcos la siguió, sintiendo un asomo de erección y pensando que sus impulsos sexuales nunca obedecían a lo previsto.

Llegaron a un saloncito desordenado, donde todo parecía recubierto por una piel de polvo; Marcos, después de mirar por la ventana abierta al río cercano, se sentó con precaución, como si el sillón pudiera hacerse añicos bajo su peso. La mujer comenzó a trajinar en el cuarto de al lado, canturreando.

—Tengo jugo de manzana —anunció desde la puerta.

—Sí, sí —dijo Marcos, ansioso. Ahora observaba una pieza sobre la mesa de centro: un barco enorme tallado en madera. Diminutas figuras de vidrio representaban marinos trabajando en la cubierta, o en actitud reflexiva sobre la pasarela y el castillo de popa. Uno de ellos decía adiós con la mano. Una cabra y un mono en miniatura se asomaban a través de la escotilla entreabierta.

—Es todo lo que queda del jugo —dijo la mujer, sentándose frente a Marcos y alcanzándole un vaso, mientras bebía de otro un líquido transparente. Marcos olió el contenido del suyo y probó un sorbo.

—Sabe bien, este jugo. ¿Usted qué toma?

—Agua.

—¿Agua o vodka?

—Usted quiere saberlo todo, precisarlo todo —dijo la mujer, torciendo la boca.

—A mí me da la impresión de que usted podría tener un problema —dijo Marcos con voz respetuosa, mientras se inclinaba hacia adelante—. Tal vez yo podría ayudarla. Yo también tuve durante muchos años un problema con el alcohol.

—No se trata de mí ni del alcohol, se trata de la gente —dijo la mujer con agresividad—. De la chusma, la canalla, ¿me entiende? Aunque los cultos y los inteligentes son a veces peores. En Nueva York voy a aislarme de todo. Una tía me va a prestar su apartamento por seis meses. Ella viaja de un lado para otro, tiene dinero, puede darse ese lujo. Aunque tampoco es feliz.

—La paz viene de adentro —dijo Marcos, en un tono apagado. Luego preguntó abruptamente—. ¿Quién le regaló ese barco, o dónde lo compró? Es un objeto curioso, muy bien hecho.

En ese instante unos perros comenzaron a ladrar desaforadamente en el jardín. La mujer se levantó frenética y corrió a la ventana.

—¡Esos son los malditos que me mataron el gato! —chilló.

Y luego de beber de un solo golpe el líquido del vaso, bajó atropelladamente por la escalera.

—¡Tenga cuidado! —dijo Marcos, poniéndose de pie.

Al momento los gritos de la mujer se mezclaron abajo con los ladridos de los perros. Marcos se asomó a la ventana irresoluto, como si se inclinara sobre el brocal de un pozo. En el jardín, armada con una escoba, la mujer perseguía a los animales, insultándolos en inglés y español, golpeando los arbustos, hasta que la jauría se perdió calle abajo. Una luna rebosante surgía al final del río. La inercia de los techos y las calles no guardaba relación con el tumulto de luces veloces que circulaban por las autopistas encima de la ciudad, ni con el furor de la mujer, que tambaleante continuaba gritando y agitando la escoba.

Marcos sacó la cabeza por la ventana y le dijo:

—Cálmese, ya se fueron.

La mujer miró hacia arriba como si no lo reconociera, y después de una pausa entró en la casa. Pero a los pocos minutos apareció de nuevo en el jardín, con una vasija de metal en la mano, y comenzó a regar la hierba y los arbustos.

—¿Qué hace? —preguntó Marcos —. Yo tengo que irme, es tarde.

La mujer no contestaba, concentrada en su tarea. Del otro lado de la cerca, en un solar cubierto de maleza, un gato merodeaba interrogante. De repente Marcos percibió el penetrante olor a gasolina y corrió a la escalera. Al salir con precipitación estuvo a punto de perder un zapato. Una explosión estremeció el jardín, que al instante se alumbró con un voraz fulgor de lengüetas rojizas. Las arecas emitían un crujido. Las llamas crepitaban siguiendo la línea zigzagueante del líquido vertido, trazaban brutalmente surcos erráticos en el rosal, desguazaban los tallos y las flores, ennegrecían la hierba. El vaho de la candela se propagaba con velocidad, enardeciendo el aire.

Cuando ya estaba en el medio de la calle, Marcos recordó el nombre de la mujer y gritó:

—¡Irene!

Pero la mujer se había desvanecido. El echó a andar de prisa por la calle vacía, dobló sin titubear por la primera esquina y no se detuvo hasta llegar al puente, donde prevalecía una ominosa quietud. A la mente le venía una frase leída en alguna parte: "Las llamas impulsadas por la brisa de la medianoche". De pronto sirenas de bomberos y carros policiales vociferaron desde distintos sitios, estridentes, chirriantes.

A medida que Marcos subía el puente, el resplandor del incendio a sus espaldas se iba envolviendo de ráfagas negruzcas; nubes voluminosas se adentraban en el hirsuto entramado de columnas que sostenían a las autopistas. Pero él apenas miraba hacia atrás.

Ahora rozaba los penachos de palmas que crecían junto al puente, las copas húmedas de robles y pinos que se remontaban hasta la alta baranda. Las hojas empapadas de rocío dejaban en los dedos unas gotas viscosas. Proas y mástiles se congregaban abajo, en actitud de espera, como piezas de una conspiración, mientras en los atajos a la orilla del río se oxidaban pedazos obscenos de chatarra. Los faros de un avión volaban quietamente encima de los techos, de los árboles que prosperaban en la llanura urbana; las luces de los embarcaderos culebreaban en la capa de agua y penetraban arrastrando hasta el fondo cuerdas de color. A la izquierda del río, los rascacielos se alzaban como un dique de hormigón y cristal. El bramido de un buque se acercaba con lentitud, cruzando los meandros.

Marcos miró desde la altura el malecón donde una vez se había reunido con sus dos amigos. Esta noche la gigantesca luna difuminaba las estrellas, pero aún era posible distinguir algunas. En aquella ocasión, cuando los tres estaban tendidos sobre el muro, una atravesó el cielo como una chispa sobre sus cabezas. Marcos recordaba lo que él había pedido. Pero lo que pidieron los otros dos, o si sus deseos les fueron concedidos, eso él no iba a saberlo jamás.

El resbaloso

a *Rolando Sánchez Mejías*

I

Su mundo, su materia eran la oscuridad. Su piel se integraba a la noche; su cuerpo era uno solo con la sombra. En su cuarto de pedazos de tabla, lata y cartón, construido por él mismo en la azotea de un edificio de La Habana Vieja, esperaba el momento en que se iban las luces, el apagón detestado por todos y deseado por él, sentado sobre el filo del muro ruinoso, observando los techos carcomidos en los que pululaban cuartos desvencijados como el suyo, cordeles donde se desplegaban ropas empercudidas, jaulas para gallinas y conejos, corrales para puercos, antenas herrumbrosas, huertos improvisados en canteros, con bejucos y plantas comestibles cuyas raíces a la larga chocaban contra mosaicos y capas de cemento hostiles al mundo vegetal.

Hoy el apagón debía comenzar a las nueve; eso decía el periódico que él compraba para cerciorarse de las horas en que se impondría la negrura. Una pequeña nota informaba el horario y las zonas: era la única noticia de interés para él en todo el laberinto de discursos y cifras, impreso en el papel ralo y amarillento.

Los habaneros buscaba en vano, en esas páginas del órgano oficial del partido, una advertencia, o al menos una breve alusión al acontecimiento que obsesionaba a toda la ciudad: la existencia de un hombre que durante los apagones se colaba totalmente desnudo dentro de las viviendas, las tiendas, las iglesias, y al que nadie había podido agarrar, porque su cuerpo se hallaba cubierto de una sustancia grasienta que hacía imposible asirlo: *el resbaloso*. La gente en las colas no hablaba de nada más.

—Se unta aceite.

—¿Aceite de comer? Yo hace meses que no puedo ni freír un plátano.

—Una botellita vale el sueldo de un mes.

—Qué desperdicio.

—No es aceite, es otra cosa. Algo de brujería.

Un anciano famélico, con aire grave, que siempre encabezaba la cola del pan, declaraba rotundo:

—No se unta nada. Es algo que le sale de la piel.

—A mí me han dicho que es como un demonio. Salta y se dobla de una forma que no es de un ser humano.

—¡Bah! Un negro habilidoso. Con lo que roba puede comprar todo el aceite que le haga falta para embarrarse de pies a cabeza.

—No es aceite. El cuerpo le hiede a otra cosa.

—A lo mejor es manteca de puerco. Sebo de vaca es imposible, claro.

—Mentira. Muchas personas que lo han tenido cerca dicen que eso es lo extraño, que el cuerpo no le huele a nada. Es como si lo que se untara fuera agua. Pero ya se sabe que no es agua.

—Es algo que le sale de la piel.

—Un pacto con el diablo, o sabrá Dios. ¡Me cago en la mierda! Se está acabando el pan.

La cola avanzaba lentamente, o permanecía inmóvil; la cola del pan, o la de las croquetas, o del arroz, o de las hamburguesas de soya, o del plátano, o de lo que fuera; filas que se enroscaban a lo largo de aceras estropeadas, filas de gente a su vez estropeada, con las jabas colgando de los brazos como apéndices, miembros artificiales convertidos en parte esencial del cuerpo; jabas de papel, o de nylon, o de tela, o de saco; colas que daban la vuelta a la manzana, colas reptantes de rostros roñosos y cabellos resecos, a lo largo de portales, bajo cornisas y balcones rotos; o a la intemperie, junto a paredes que se desmoronaban, que supuraban costras, a fachadas acribilladas como una piel picada de viruelas, a rejas embadurnadas de óxido o de musgo, a puertas y ventanas de madera raída, rasguñada, herida con hendijas; filas de gruñidos y de murmuraciones.

—Aparece en cualquier parte.

—A una mujer se le metió en la cama. Pero no la tocó.

—Qué clase de susto. A mí me da un infarto si me despierto y veo semejante fenómeno en mi cama.

—Cacho de negro.

—Dicen que no es negro, que es blanco.

—A mí me aseguraron que era negro.

—A lo mejor se pinta. A lo mejor eso que se pone en la piel es como tinta, o como chapapote.

—No se unta nada. Es algo que le sale de los poros. Como si fuera sudor.

Colas de gente sudada, que espera. Atosigada por el sol, la llovizna; sometida mañana, tarde y noche al demencial verano, la rauda primavera, el raquítico invierno. Filas que se forman en un santiamén y que de pronto se rompen al acabarse el ñame, la leche en polvo o cualquier otra cosa.

En el maltrecho borde de la azotea, él se ha sentado a observar cómo el sol cae más allá del Malecón, cómo penetra dentro del agua que rodea la ciudad, que la ciñe, la comprime, la abarca, que más que protegerla la amenaza, la ofusca, la arrincona, la asedia. El se recorta las uñas de las manos y las de los pies, deja caer los fragmentos nacarados al precipicio cuyo fondo es la calle que a esta hora se oscurece. Pronto se hará de noche.

Extrañamente (el apagón comienza muchas veces antes de lo anunciado) se ven bombillos prendidos en algunas ventanas, pequeñas luces que compiten en vano con la desvaneciente claridad del día, y que iluminan con su flojo destello los interiores de las estrechas y hacinadas viviendas, de las habitaciones que sirven al mismo tiempo de sala, cocina, cuarto y comedor: camas amontonadas junto a mesas, fogones, butacas y fiambreras. Cuerpos y sombras se desplazan con dificultad en los espacios abarrotados; más que con dificultad, con cachaza; o se asoman al balcón inseguro a respirar el aire que proviene del mar. Pero la brisa está contaminada por olores corruptos, a basura, a cloaca, a col agria, a sulfuro, a sudor, a humareda de pedazos de leña rociados con petróleo, a jugos fermentados, a humedad, a frituras achicharradas en manteca rancia.

De los atiborrados edificios surgen ríspidas voces que advierten, o discuten, o enumeran desgracias o aburridos sucesos; voces roncas o agudas que se ensañan con el lenguaje, triturando palabras, echando a un lado las letras y las sílabas; surgen también barullos de cazuelas; estrépitos de objetos que caen y que se rompen, o que por un milagro sobreviven al golpe causado por la furia, o el descuido o la más absoluta torpeza; repiques secos de tambores; nombres gritados a todo pulmón, como si se tratara de llamadas de auxilio; chiflidos; carcajadas; lamentaciones que suenan a plegarias (y que tal vez lo son); restregón de metales; berridos infantiles; notas feroces que pueden ser de trompeta, o trombón, o cualquier otro instrumento de viento; surgen canciones, noticieros y arengas del corazón de radios estruendosos.

El, recostado en el filo de la azotea, espera. El cielo se ha cubierto de unas nubes gigantes que absorben el humo que en bocanadas lanza la refinería; vapores pardos se esparcen densamente, erigiendo una especie de noche mentirosa sobre la ciudad. Pero la noche real no necesita ayuda: el sol ya ha descendido dejando sólo un rastro de claridad efímera, aguachenta.

En ese instante, de sopetón, la ciudad queda a oscuras. Sólo se salvan las zonas de los hoteles para los extranjeros, o de algún hospital, o de las casas de jefes militares y de altos funcionarios: islotes alumbrados en un mar de penumbra. De los edificios, las calles, los techos y las plazas se levanta un clamor, una suma de gritos que pueden ser blasfemias, palabrotas, quejidos, o simples alaridos de exasperación. En un balcón un hombre comienza a vocear: «¡Viva Fidel mil veces! ¡Viva! ¡Viva!» Pero la batahola dura sólo minutos: luego quedan rumores, zumbidos, bisbiseos; un persistente enjambre de sonidos opacos que corroboran que la ciudad no ha muerto, pese a la humillación de vegetar a ciegas. En el cielo chisporrotean las estrellas fugaces, que se desplazan sin ton ni son.

El entra a su cuartucho como el que está habituado a moverse en la sombra: no tropieza, ni vacila, ni extiende los brazos ni las manos como el que anda a tientas. Saca un cubo debajo del camastro, repleto hasta los bordes de una pasta viscosa, llena con ella otra vasija de metal más pequeña: una lata con un asa oportuna que facilita que cualquiera la cargue de un lado a otro, inofensivamente, como un envase para pinturas de las que hace décadas se vendían en las tiendas.

Vasija en mano, baja por la escalera que comunica a la azotea con el último piso de este edificio en ruinas, este solar que fue en el siglo anterior un palacete de tres sólidas plantas, y que ahora alberga a más de treinta familias cochambrosas en cuartos que más bien semejan huecos; atraviesa el pasillo que sirve de portal para los inquilinos, que ahora en el apagón, hastiados del espeso calor que vuelve insoportable la angostura de sus madrigueras, se sientan en el quicio de las puertas, o se recuestan sobre las barandas que con su encaje de madera podrida bordean el patio central.

Dando las buenas noches, que a duras penas algunos responden refunfuñando, él llega a la escalera principal, cuyos peldaños traquean bajo su peso y el de los cuerpos que suben y bajan; cuerpos sin rostro, siluetas que despiden, sin pudor ni conciencia, un olor rechinante; una mujer se ha echado largo a largo en el descansillo del segundo piso, mientras dos niños intentan levantarla; no cabe duda de que está borracha, pues la boca, la nariz y la piel rezuman tufo a aguardiente barato; él, al igual que los otros, le pasa por encima tratando al menos de no pisotearla. Sale a la calle donde los focos de un auto lo iluminan como un reflector; enemigo de la luz, se arrima contra la pared hasta que el inoportuno vehículo cruza, dejando atrás un nubarrón de gases malolientes.

El sabe adónde se dirige esta noche. Se conoce La Habana de memoria, y antes de aventurarse en una zona, espía durante varios días el vecindario, especialmente el local o la casa adonde se propone entrar. Lo primero que busca es un sitio abandonado, los restos de un derrumbe, lo que es fácil de hallar en la ciudad.

Luego de recorrer laberintos de calles apagadas, penetra en la osamenta de un caserón sin techo, se desliza entre lomas de pedazos de ladrillos, de tierra, polvo y cal, y se detiene junto a un fragmento de escalera que no conduce a ninguna parte: unos peldaños en un muro combado que se interrumpen a mitad del camino, y que aún conservan una barandilla donde ahora él, mientras se desviste, cuelga una a una sus prendas de ropa.

Ya desnudo, mete la mano en la lata que ha colocado en el piso crujiente, saca un trozo de la manteca de majá y se frota lentamente la untura sobre el cuerpo, comenzando por el cráneo y el rostro, bajando por el cuello, los hombros y la espalda, hasta llegar a los dedos de los pies. No escatima al untarse: hace apenas dos semanas hizo una buena cacería en el monte, en las lomas de Pinar del Río, donde con infalible olfato suele encontrar los nidos de majáes. Los descoyunta con la mano izquierda, los apilona en un saco de yute, y luego en su cuartucho los fríe en un caldero de bronce hasta sacarles el último jugo, para al final devorar entre pausas la carne blanduzca, y reservar la grasa que a la larga ha cambiado su destino.

Repleto de energía, se estira para probar una vez más la flexibilidad que se apodera de su cuerpo, que le inculca a sus músculos vehemencia; un calor, una súbita electricidad recorren cada fibra, cada miembro e incluso cada vello saturados del ungüento brilloso.

Descalzo y en pelota, deja el escondite y va costeando las tongas de basura que parecen brotar de las aceras como matojos, como marabú; salta sobre los charcos pestilentes de las alcantarillas, esquivando a ciclistas que pedalean en la oscuridad, y luego trepa por una tapia de piedras coronada por vidrios de botellas; sin lastimarse, observa desde lo alto del muro el patio de la casa que él hará suya con un simple brinco; su presencia equivale a posesión. Cae de pie en el sembrado de boniato y maíz, que tupe la minúscula parcela de tierra; un puerco gruñe echado en un chiquero, debajo de la ventana abierta, en cuyo marco oscila la llama de un quinqué; adentro un grupo de mujeres discute los planes para adornar el barrio con motivo de una fecha patriótica; sentadas alrededor de una mesa desnuda sudan, espantan con la mano las moscas; una de ellas comienza a leer, con voz nasal, la larga carta escrita por la Federación; en ese instante, él se asoma a la ventana y entra de un salto, volcando una silla.

Las mujeres se levantan gritando, tropiezan, corren hacia la puerta, se apelotonan dando codazos, agitando los brazos, gimen, chillan; él cruza como una exhalación, tumba un búcaro, un cuadro colgado en la pared, un gallardete; una joven mulata intenta asirlo, pero el hombro del intruso se escurre entre sus dedos, embarrando sus yemas de baba pegajosa; la bravucona vocifera:

—¡El resbaloso, coño! ¡El resbaloso!

El le agarra un seno con un brusco apretón, lo suelta, y apartando a las otras mujeres que vocean, corre por un pasillo, entra en un cuarto donde un hombre se pone a toda prisa la ropa, mientras una muchacha envuelta en una sábana se recupera de la penetración y del susto que le han dado la bulla, los alaridos que interrumpieron su momento de gozo, y que ahora al ver la maciza silueta cruzar la habitación sólo atina, enmudecida, a lanzarle una almohada; el hombre se ha quedado lelo, con los pantalones a media pierna y el sexo reducido a un ínfimo pegote.

—Qué es esto, carajo —balbucea el hombre—. Este hijo de la gran —los pantalones se le ruedan hasta los tobillos, y esto le da vigor para redondear la exclamación— ¡Hijo de la gran puta! —. Pero después de gritar se queda quieto.

El se mete en el baño, en cuya tina conviven ásperamente una cabra y un pato, abre otra puerta y se encuentra frente a frente a una anciana arrodillada junto a un altar pobremente alumbrado por una vela casi derretida.

—Cristo —murmura la anciana, en el tono apagado de sus oraciones, aferrada a una estricta visión personal, mientras palpa el gastado escapulario que le cuelga del cuello.

El se sube a la cama de colchón deshilachado y bastidor hundido, y en dos zancadas llega a la ventana que se abre hacia la calle; en el momento en que entra con un candil el grupo de mujeres, capitaneadas por la joven mulata que aún conserva en su seno la impresión de los dedos, él salta a la acera, descalabrando a un gato que ha escapado de milagro al asedio de una familia hambrienta.

Los vecinos aparecen en sus cuadrados negros, espoleados por el vocerío; un joven sale en chancletas enarbolando una pistola, que reluce en la penumbra como un simple pedazo de metal: parece un cucharón, o una herramienta.

—¡Alto! ¡La policía! —grita el joven sin convicción; el palmoteo de sus chancletas sobre los adoquines le resta virilidad;

acaba de despertarse de una siesta profunda, en la que soñó con una hermana muerta; el escándalo lo despertó de pronto y aún no ha tenido tiempo de asumir su papel de proveedor del orden en este barrio donde la autoridad cayó en desgracia.

—¡Por allí! —dice una voz femenina desde un balcón. Pero *allí*, en esta oscuridad devoradora, puede ser cualquier parte: la imprenta que ya no imprime nada, y que ahora sirve de albergue a los ratones; los zaguanes de varias cuarterías a punto del desplome, sostenidas apenas por puntales, que forman un absurdo entarimado encima de la acera; el terrenito yermo, plagado de manigua, donde existió una vez una tienda de ropa que se cerró y después se derrumbó; el callejón sin salida que tropieza de pronto con el muro de una iglesia; las tres o cuatro casas de una sola planta, como la de la dirigente de la Federación, de la que él acaba de salir, en las quc todo el mundo se ha puesto en movimiento, llevando de un lado para otro los quinqués, las velas, las chismosas, llamas temblonas que como fuegos fatuos trazan rutas erráticas en la tiniebla.

—¡Por allí! —repite la voz, y otras voces avisan— ¡Por allá!

El se agacha detrás del esqueleto de un carro inservible, y luego se desliza hasta doblar la esquina; sigue de largo calle abajo; los ciclistas en sus bicicletas con pálidos focos no se dan cuenta de su desnudez; mucho menos los transeúntes que pasan por su lado prácticamente a ciegas, y que aprietan el paso, porque saben que en este vecindario durante el apagón la gente descarga su rabia lanzando piedras y botellas desde los balcones; él mismo sabe que se expone a un golpe, y al cabo de dos cuadras decide encaramarse en una decrépita escalera de caracol, pegada a la pared de un hotel que ha venido a parar en solar peligroso.

Mientras sube por el tirabuzón de hierro que el óxido ha estragado, escucha arriba voces que hilvanan frases sueltas, que se interrumpen unas a otras:

—¡No! ¡Coño! ¡No confundas una cosa con otra! ¡Tú siempre poniendo etiquetas!

—Está bien, vamos a conceder—

—¡No! ¡Coño! ¡No es un asunto de concesiones!

A la luz de un farol cinco jóvenes discuten en una esquina de la amplia azotea, aferrados a papeles, a libros, bajo el cielo saturado de estrellas, entre antenas y cordeles de ropa; sus sombras se agigantan sobre el muro, sobre la empalizada que rodea a un gallinero; él cruza sin ser visto tras paredes movedizas de sábanas, de pantalones húmedos, de faldas que si se ciñeran a un cuerpo dejarían ver los muslos, tal vez el mismo borde de las nalgas; pero colgadas de alambres y sogas se mueven perezosas en la brisa, a merced del vacío de la noche.

Sigiloso llega hasta la escalera que desciende dentro del edificio; baja; las plantas de sus pies no resuenan en los travesaños de madera. Un acuciante olor a ajo se filtra por una puerta del piso de arriba; él se aproxima para echar un vistazo.

El pequeño apartamento se encuentra casi completamente a oscuras; sólo la llama de un reverbero de alcohol en una esquina, oculto a medias por una sartén, en la que se cocinan a fuego muy lento los ajos, pone una nota de irrisoria claridad en la gruta. Sentada junto a la cocinilla, una mujer da el seno a un recién nacido, mientras tararea una breve canción; a veces interrumpe el estribillo y dice en alta voz:

—¡Abur!

Pero a nadie despide; nadie se marcha; ella está sola con la criatura pegada a su teta. El, en el centro de la sala minúscula, con la cabeza rozando el cielo raso de rústicos tablones que sirven de piso para la barbacoa, mira fijamente los ojos de la mujer, en los que la llama achatada se refleja con puntos amarillos. Ella parece devolver la mirada sin pestañear; su rostro inmóvil no expresa sopresa ni susto. El seno, cuya punta desaparece en la boca del niño, se agranda y se reduce de forma imperceptible; su blancura contrasta con el cabello del recién nacido, y con la tela oscura de su blusa. El se acerca a la mesa llena de cuarteaduras, que la suciedad ha copado; la mesa remeda un terreno que alguien cultivó y luego abandonó. El da dos pasos más, pero la mujer permanece impasible, concentrada en el acto de alimentar al recién nacido; él se da cuenta de que es sorda y ciega. Sin embargo, no es muda.

—¡Abur! —dice de pronto, y acaricia la cabeza del niño o de la niña, que no interrumpe su voraz succión.

El se detiene junto al borde de la madera; vacila. Si extendiera su mano podría tocar los hombros de la joven madre, sus axilas por cuyos montoncitos de vellos corre el sudor y empapa su blusa sin mangas; podría palpar el seno al descubierto, el rostro absorto; pero se sienta en una endeble silla junto al reverbero, después de mirar de reojo los ajos que se van consumiendo en el fondo de la sartén tiznada. Ella se rasca los brazos y los hombros; él se encoge y se estira. La mesa los separa como un mapa, con sus protuberancias, sus surcos y bajíos.

Si en vez de ser un hombre él fuera un majá, envolvería con su vaho a la mujer, o la hipnotizaría con su mirada fija, y sometiéndola a su voluntad hasta volverla un pelele, apartaría cuidadosamente a la criatura de la teta; introduciría su enorme cola en la boca del recién nacido, para acallar sus gritos; y chuparía el pezón hasta secarlo.

Pero su piel viscosa no tiene escamas; sus ojos no llegan a ser los de un ofidio; y su propósito, si es que tiene alguno, no incluye una dosis extrema de crueldad. Coloca las dos manos en la rugosa planicie de la mesa y se está quieto, respirando con pesadez, observando este rostro frente al cual se siente derrotado.

—¡Abur! —repite ella, y arropa a la criatura que ha liberado el seno y gimotea apretando los puños.

El se levanta, camina de espaldas para no perder un momento de vista a esta mujer totalmente cerrada, separada y reclusa, que como una isla flota en el más absoluto silencio. El fuego del reverbero se debilita; el alcohol se evapora a toda prisa, la mecha se reseca y al final se reduce a unas hilachas de algodón requemado.

II

Durante el día él permanece metido en su cueva; prófugo de la claridad, holgazán desde la salida hasta la misma puesta del sol, se alimenta, como casi todos los habitantes de la ciudad, de rapiña. Enrollado en sí mismo, camuflado con el trapo que sirve de cubrecama y que tiene el mismo color de su piel, permanece perfectamente inmóvil con la boca abierta.

En las calles la gente parlotea sin tregua mientras se busca la vida, comprando y revendiendo, revendiendo y comprando, rememorando lo que fue y no es, o lo que pudo ser o lo que no será o lo que hubiera sido o lo que debía ser, mientras las colas aumentan y se achican y vuelven a aumentar, ciñendo las aceras, formando un cuerpo aplastado y esbelto, cuyo vientre se engrosa de repente y luego se enflaquece, reptando con lentitud entre las columnatas, o debajo de aleros amputados, farolas, canalones, frisos y capiteles veteados por la mugre.

En la cola del pan, el viejo que como cada día de los últimos años ocupa el primer puesto, vuelve a la carga:

—No roba nada. Lo único que quiere es asustar.

—Asustar no, aterrorizar.

—A lo mejor se quiere vengar.

—O sacar a la gente del letargo.

—¡Bah! Es un delincuente, y ya.

—Un rascabucheador.

—Un loco.

—O un agente.

—¿Pero un agente de... (la mujer hace un gesto con la mano describiendo una barba) o de...? (Y señala vagamente hacia el mar, hacia lo que supone que debe ser el norte.)

—No jodas, te estoy diciendo que es un delincuente. Un delincuente barato.

—Pero los delincuentes roban —insiste el viejo—. Y éste no roba nada.

—Eso dice usted. Pero a mí no me consta.

Ajeno a las innumerables voces, en su guarida sobre la azotea, él duerme o finge dormir, enroscado. No piensa en las hazañas de los últimos meses; su cerebro está en blanco; el presente de esta tarde sofocante le basta. Sin embargo, sus noches han estado repletas desde que decidió aventurarse por los recovecos de la ciudad, amparado por el linimento y la sombra.

Comenzó por un sitio difícil: un hotel recién remozado para uso de extranjeros. Un andamio pegado a la pared cubierta por pintura fresca le sirvió para trepar a la terraza, en una noche en que el terco apagón ni siquiera respetó a este edificio que albergaba a turistas. Se asomó al tragaluz: los huéspedes cenaban a la luz de las velas. «Es más romántico así», decía una joven camarera a un hombre de espejuelos y pelo cenizo que se esforzaba por hablar español mientras engullía una posta de carne, entre búcaros de flores y bandejas plateadas, atiborradas de mariscos y frutas.

De repente un estruendo de cristales rotos conmocionó a los comensales; un cuerpo elástico, al parecer un hombre, cayó sobre las fuentes del *smorgasbord*, desparramando quesos y ensaladas, volcando salsas sobre los manteles; se incorporó con inaudita agilidad y echó a correr, convirtiendo en papilla los *hors d'oeuvre*; saltó sobre otras mesas, tirando al piso con sus piernas robustas platos humeantes y botellas de vino, levantando a su paso gritos desaforados en tres o cuatro idiomas, mientras una jauría de camareros trataba de agarrarlo inútilmente: sus músculos cubiertos por la capa grasienta eludían las afanosas manos.

Dos jóvenes fornidos le cerraron el paso en la puerta del comedor, pero él se escabulló entre las dos moles y ganó la escalera por la que ahora subían, jadeando y renegando, diplomáticos poco habituados a ejercitar el cuerpo en medio de la oscuridad, y que cedieron vivamente el paso al proyectil humano que en su brusco descenso no parecía pisar los escalones.

—¡En cueros! —sólo atinó a gritar al verlo en el vestíbulo la ascensorista, que a pesar de la falta de electricidad cumplía el deber de montar guardia junto al aparato, a la luz de una lámpara de petróleo. El tumbó en su carrera unas arecas, una mesa de mármol, un cenicero y un par de jarrones; tropezó con una prostituta adolescente que no se apartó a tiempo; el portero se le abalanzó, y al abracarlo y forcejear para inmovilizarlo quedó untado de pies a cabeza de la materia blanda que a la larga pudo más que la fuerza: el visitante se escapó de sus brazos, cruzó la puerta y se adentró en la noche.

A partir de ese instante comenzó a aparecer en caballetes, donde se posaban y anidaban las aves; en lomas de basura, donde hurgaban los perros; en solares yermos, donde merodeaban los gatos; en sótanos y en cuartos de poca o ninguna ventilación, húmedos territorios que roedores e insectos se disputaban. Pero los miembros del reino animal hacían caso omiso de su presencia: simplemente seguían su camino, o su caza, o su acecho, sobreviviendo en la clandestinidad, compitiendo para no sucumbir en la implacable jungla de La Habana. Un pájaro nocturno le servía a veces de acompañante, silbando en un alambre o un tejado.

Otra noche él subió a un campanario, cerca de la bahía; la iglesia que albergaba imágenes supuestamente eternas resistía mucho más que las otras viviendas, donde habitaban figuras transitorias. Desde lo alto, la vista se esforzaba por abarcar la inerme capital de la isla, que se desparramaba bajo la luz nocturna, proveniente de un cielo despejado, con luna cuarto menguante. El apagón era casi total, salvo en puntos brillantes aquí y allá, meras fogatas eléctricas que refulgían en la sombra compacta. Las esfinges del Castillo del Morro y de la Fortaleza de La Cabaña se alzaban con porte amenazante en la boca desolada del puerto; los barcos inmóviles parecían anclados en un llano plomizo; el mismo mar recordaba un desierto, sin la menor señal de vegetación; un silencio incorrupto descendía sobre la colmena de edificios, sobre la intricandísima tela de araña de calles y de parques totalmente vacíos, sobre el distante perfil del Vedado, con sus macizas construcciones desprovistas de vida; en este instante de la madrugada, como un cuerpo hostigado por la fiebre, las llagas y las convulsiones, que de repente deja de respirar, la ciudad había sido tomada por asalto por un sopor semejante a la muerte. El agua que la rodeaba (la bahía, el mar abierto del otro lado del Malecón, el río Almendares) se extendía como un líquido estancado; formaba un cinturón, una tapia; formaba charcos de superficie pétrea; ciénagas gigantescas; espejos sin reflejos; piletas de metal.

De repente él echó a repicar las campanas, cuyo sonido invadió los tejados, las plazoletas y los caserones, y penetró en el sueño tumultuoso de los durmientes y en la hosca duermevela de los insomnes, que sudaban a pesar de las ventanas abiertas, acostados sobre colchones húmedos, o sentados en sillones cuya aspereza maltrataba la piel, o echados sobre el piso para absorber la frialdad del mosaico, o el cemento, o la tabla, envueltos en el tufo que emanaban sus cuerpos. El tañido sobresaltó al anciano sacerdote, que olvidando en su brusco despertar la compostura del lenguaje, gritó: «¿Cómo cojones?», pregunta inconclusa que quedó sin respuesta en la calurosa estrechez de su cuarto. El ventilador, sin electricidad, colgaba de las viguetas del techo como un moderno amuleto que no ofrecía protección contra el mal.

Arriba, en el punto más alto de la iglesia, manipulando a ciegas las gruesas sogas, él estrellaba una y otra vez los badajos, expandiendo a diestra y a siniestra la resonancia colosal. El cura, que a medio vestir subió a toda carrera a la torre, gritó: «¡Para!», aunque no se atrevió a dar un paso. La sombra que movía con frenesí las cuerdas se detuvo, y el silencio volvió a hacerse absoluto, asfixiante, bajo el cielo vacuo; una gasa de nube tapó de repente el pedazo de luna. Un pájaro trinaba revoloteando sobre el arbotante.

—Tú... —comenzó a decir el sacerdote, inmóvil, resollando, apoyado en la pared, intentando observar el rostro de facciones borradas por la oscuridad. Luego se aproximó y al extender su mano para verificar la realidad del otro, se encontró solamente con la resbaladiza superficie.

En ese mismo momento él huyó por el boquete de la escalera, cruzó la sacristía, salió a la nave central de la iglesia, bajo la enorme bóveda, se encaramó en el altar mayor, manchando con sus pies embarrados de polvo manteles y tapetes, hasta alcanzar el rosetón de vitrales, destrozado desde hacía algún tiempo por blasfemas pedradas, saltó con precisión y cayó afuera, sobre el contrafuerte, por el cual se dejó deslizar hasta pisar el césped, reseco por la falta de lluvia.

Antes de la salida del sol se escuchó en la ciudad el tañido de varias campanas, que parecían dialogar entre sí. En su lenguaje repetían una sola palabra; los durmientes de toda La Habana creyeron descifrarla, y la tradujeron con exactitud a su idioma. Pero mucho más tarde, al despertarse, ninguno recordó su significado, ni siquiera el hecho de que existió, por un único instante, un sonido distinto a cualquier otro.

III

Hoy el periódico mencionó un ciclón. Y en esta noche opaca, encapotada, en los más hondo del bosque de La Habana, él se acuesta sobre la hojarasca, apoya la cabeza en una corpulenta raíz, y observa los árboles sacudidos por la ventolera.

Escenas de sus correrías se iluminan como relámpagos cuando cierra los ojos: cuando entró a un cine sin lunetas (los espectadores se habían robado poco a poco los asientos; el forro plástico lo habían utilizado para carteras, carpetas y zapatos; el relleno para almohadas; los muelles para sillas y colchones; la madera para leña) perseguido por dos policías, a los que logró despistar en la caverna del teatro vacío, escondiéndose a un costado de la enorme pantalla, en la que ya no se reflejaban las historias repletas de vida; cuando subió por la ancha escalinata de la universidad, en una noche de luna llena, y defecó junto a una estatua; cuando se abalanzó sobre un hombre de impecable traje (su elegancia incitaba a la violencia) en el momento en que entraba a su carro, y luego de someterlo le arrancó las llaves del vehículo y partió a toda velocidad por la Quinta Avenida, hasta estrellarse unas cuadras más tarde contra un árbol, sin que su cuerpo engrasado sufriera un rasguño; cuando se paseó por el Parque Central, atestado de personas que le huían al calor magnificado por el apagón, y que interpretaron la visión de aquel hombre en pelota como un equívoco de la oscuridad, o una insignificante pesadilla, enmarcada dentro de otra pesadilla más amplia, de la que era imposible despertarse (sólo una vieja de manos audaces comprendió que esta aparición no era tal, y acercándosele intentó tocar un punto muy visible de su cuerpo; pero retrocedió al palpar la sustancia viscosa, que volvía inaccesible cualquier parte del hombre desnudo, incluso la más íntima); cuando sin darse cuenta interrumpió una transacción comercial dentro de una bodega, en la que el administrador cambiaba sacos de arroz por galones de petróleo al empleado de un garage, ambos protegidos por la tiniebla de la madrugada, enrollando hacia arriba a toda prisa la puerta de metal de la tienda, cada uno regateando, ensalzando el valor de su mercancía, ponderando el precio de los granos contra el del combustible, empapados en sudor, sin poder ni a derechas verse los rostros, discutiendo, diciendo palabrotas, hasta el instante en que él pasó deslizándose por la acera estrecha, y con su sola presencia los enmudeció. Al otro día ambos contarían, cada uno por su lado:

—Anoche vi al resbaloso. Andaba por una calle del Cerro, tan tranquilo. Me pasó por al lado y ni me miró.

Y el otro:

—El resbaloso no se mete con nadie. Vive por vivir. Te lo digo yo que lo tuve a dos pasos.

—Si vive por vivir, es igualito a mí —dijo la mujer del contrabandista, acostada en un sofá como una enorme gata, mientras se abanicaba con un pedazo de cartón. Y agregó en voz baja—. Hace años que no me pinto las uñas de los pies. Pero bueno, da igual.

Sin embargo, esta noche ventosa no es propicia para la indiferencia: el bosque cobra movimiento, energía. Las ramas se estremecen, se doblan, se debaten; las hojas, arrebatadas, vuelan en círculos, o en espirales, ascienden o descienden o simplemente se pegan a su cuerpo, al cuerpo de él, embadurnado de pies a cabeza de la grasa que en más de una ocasión le ha salvado la vida. El poderoso ventarrón chifla y zumba y con saña zarandea las copas, tumba frutas y arranca penachos de palmas.

El se levanta y echa a andar entre piedras, entre arbustos, matojos; entre troncos donde parejas han cifrado iniciales, versos y corazones; entre colinas de hedionda basura. De repente se detiene y reflexiona si debe cruzar a nado el río, o atravesar el túnel o uno de los puentes, para llegar a la ciudad a oscuras que del otro lado lo reclama. Al fin se tira al agua.

Deja a sus espaldas los barrios de Miramar y Kohly, en los que en otro tiempo vivieron los ricos, o al menos los que en un lenguaje que llegó a ser aparatosamente ineludible se llamaban los burgueses: mansiones, edificios confortables, chalets rodeados de vegetación, ahora en su mayoría ocupados por funcionarios, militares y nuevos extranjeros (sustitutos de los rusos, que al igual que los propietarios originales salieron en estampida); sólidas construcciones que han resistido con gracia el cataclismo de los años, de la escasez y de la negligencia, al contrario de la verdadera ciudad, que apretujándose hacia la bahía muestra sin pudor sus llagas.

Vadea el río cuya turbia corriente le desprende de la piel su capa protectora; en la otra orilla trepa por farallones hasta adentrarse en el Nuevo Vedado, reducto de casonas que aún conservan también un antiguo esplendor; sube y baja por calles empinadas y de repente salta la verja del parque zoológico; escudriña las jaulas de los animales, enflaquecidos, sin prestancia ni brío, cuyos ojos hambrientos brillan en la sombra; sus cuerpos, que despiden un olor nauseabundo, permanecen inmóviles, imitando a las piedras. Sólo el majá, enroscado en un palo, prospera en este encierro donde el abandono extiende su pátina ruinosa.

Las ráfagas dispersan la llovizna; las nubes bajas forman un techo amenazante, como si el cielo hubiera descendido. El se acerca a la jaula donde yace el majá, largo y voluminoso, somnoliento, pesado, aletargado, ajeno no sólo a la tormenta, sino a la misma raíz de la vida; su forma plomiza parece cementarse alrededor del pedazo de tronco; su cabeza está oculta, dando la impresión de que nada dirige la masa impresionante de su cuerpo.

En ese instante arrecian el viento y la lluvia, y él salta de nuevo la verja que rodea esta especie de cementerio, donde dormita o agoniza una fauna dudosa.

Aprieta el paso; el aguacero cala la manigua, las hortalizas y las enredaderas; los baches de la calle se repletan, y junto a las aceras la corriente se impulsa con el vigor de un caudaloso río; espesas cataratas chorrean violentamente de los árboles y de los techos. De repente un foco lo ilumina con hiriente resplandor; de una garita sale a toda prisa un guardia que rastrilla el arma mientras grita:

—¡Eh, tú!

Pero la lluvia deshace la voz del soldado, emborrona su vista y vuelve ineficaz su más que probada puntería; él, la sombra desnuda, se escapa del círculo de penetrante luz y se pierde calle abajo, hacia el mar. El vendaval retuerce los arbustos, desprende pencas, destroza alambrados; el cristal de una ventana estalla, exponiendo a la intemperie un cuarto en el que tres siluetas se arriman en cuclillas contra una pared. El sigue de largo; la intimidad ajena ya no puede tentarlo. La ciudad comienza a semejar un monte, una espesura poblada de grutas.

Llega jadeante hasta el mismo Malecón, donde las olas infladas rugen y se destrozan, cubren el muro, inundan la larga avenida costera, salpicando fachadas, emblemas y carteles, reculando para luego agrandarse, levantarse y volver a explotar, como si el salitre se hubiera convertido en pólvora.

El corre bajo capas de espuma, bajo paredes líquidas, bajo cascadas cargadas de zargazos, de tablas rotas, de vidrios, de desechos. Por las alcantarillas desbordadas surgen con ímpetu innombrables residuos: las aguas de albañales se unen a borbotones a la voraz marea. Totalmente empapado, con la
elasticidad de un nadador, él chapotea por parques convertidos en playas, cruza cerca de los hoteles que hoy se encuentran oscuros como el resto de las casas y de los edificios: la tormenta, como un toque de queda, ha impuesto la igualdad; la negrura se ha apoderado de toda La Habana.

Siempre corriendo por la acera opuesta al Malecón, cubierto por las olas, llega al fin a la hilera de portales que marcan el comienzo de la verdadera ciudad, la antigua y venerable, la que alguien llamó una vez *la siempre fiel*, con sus arcos y con sus columnatas, horcones, enrejados, zaguanes, pasadizos, cornisas, arquitrabes, cisternas, balaustradas, remates, tejadillos; con su olor a rancia humanidad, a orines, a sudor; con sus puertas que se abren como bocas de viejos desdentados, con sus paredes sostenidas apenas por los puntales que se tambalean en esta noche brutal, en la que el viento y el agua aceleran de un golpe la labor de destrucción paciente que se ha prolongado por décadas.

El brinca, trota, sin poder esquivar los airados arroyos que se acrecentan entre las columnas, barriendo pisos y quicios y porches, arrastrando con su estruendoso paso persianas, cáscaras de cemento, pedazos de repello sombreados con pintura, con salivazos, con tizne, con fango. Nadie se asoma por los ventanales, nadie transita por la calzada ahora completamente tomada por el mar, ni por las bocacalles convertidas en desembocaduras, que él atraviesa con su desnudez sin prestar

atención a los rumores que a veces nacen de las entrañas de los edificios, y que se amplifican hasta degenerar en un bramido, en el instante del derrumbe. Caen los techos de los soportales, las vigas recubiertas por la mampostería, los dinteles, los postes, las mamparas, los ornamentos de ojivas y frisos. Caen los ojos de bueyes, los cielos rasos con costras de inmundicia. Caen los frontones. Y no se ve ni un alma.

Tampoco ya se escuchan aquellas voces que decían: «irse», o «quedarse», o «el mes que viene», o «a lo mejor mañana», o «si uno pudiera», o «nunca tendrá fin», o «sacrificio», o «milagro», o «yo quiero», o «a que no te atreves», o «no lo vuelvas a decir»; voces ásperas y chabacanas, de hombres y de mujeres que hablaban cortando las palabras; voces amortiguadas, susurrantes de ancianos; voces estridentes de jóvenes y niños; todas las voces han desaparecido, como tragadas por el huracán.

En el Paseo del Prado, ancho y colérico como el afluente de un gran río desbordado, las aguas cobran velocidad alrededor de bancos y farolas; el follaje arrancado de los árboles flota como una impredeci- ble cabellera; las ramas forman pontones movedizos que se desplazan, se doblan o se quiebran contra escaleras, rejas y columnas.

El recuerda de pronto unos ojos vacíos, y se interna por un callejón donde navegan palos y tinajas. La lluvia se ha vuelto horizon- tal, impelida por ráfagas monstruosas; las gotas se estrellan con la fuerza de balas. Carros abandonados, sobrevivientes en su mayoría de un tiempo del que muchos ya no tienen memoria, sobresalen entre la corriente como islotes de metal, mientras el agua pule sus techos despintados. El avanza entre escombros, entre fragmentos de muebles casi irreconocibles que giran lentamente cerca de los desagües: patas de mesas, puertas de vitrinas, sillones cercenados, bastidores. En el vórtice de un remolino, una soga gigante, o tal vez un reptil, se enrosca y se despliega, se despliega y se enrosca, convulsionándose, restallando como un látigo grueso, al parecer luchando por no desaparecer en las ondas hirvientes que forman una rueda coronada de espuma.

El viento, con un chirrido demente, circula encima de las azoteas, de los balcones ralos, desguazados, tuerce alambres y cables, echa a volar las tejas, las antenas, los tiestos, quiebra los caballetes, los techos a dos aguas.

El entra a este edificio que visitó una vez, a este zaguán oscuro como un túnel, sube por la escalera desfondada por la que el agua corre sin parar, echa un vistazo a los cuartos de la primera planta, donde se han extinguido para siempre las voces; las puertas abiertas de par en par son simples aberturas de cavernas. El continúa su ascenso y al llegar al final de la escalera sale al pasillo, se pega a la pared y se agacha; un alero se desprende y cae en el patio central, junto al aljibe, sumergiéndose como en una laguna; una canal remendada le sigue, luego un poste, luego una baranda; él se arrastra sobre el piso agrietado hasta llegar al cuarto donde presiente que alguien respira, el último ser vivo además de él en todo esto que fue
hace varios siglos una villa junto a una bahía, y que se engrandeció por pura vanidad hasta llegar a ser una ciudad que fue nombrada capital; de repente un ventarrón arranca de cuajo el techo, dejando al descubierto la minúscula gruta con su barbacoa, con su mesa cuya mugre antigua la lluvia lava con ferocidad; allí está ella, la mujer separada, completamente aislada, de pie junto a una silla; ya no tiene como aquella noche el niño entre sus brazos; totalmente sola, sin ver ni oír, recibe el aguacero frotándose los hombros; él se acerca reptando, sobre los mosaicos que crujen y se rajan; en el mismo momento del desplome, ella levanta la mano y grita:

—¡Abur!

El novio
de la noche

a *Orlando Alomá*

Un joven en el medio de la estepa de Miami, la pradera aceitada donde autos se deslizan con hosca indiferencia; un joven oriundo de un pueblucho en el norte de Cuba, cerca del mar, detrás de un valle de Pinar del Río; un joven vestido totalmente de negro, con el pelo castaño entrecruzado por hebras canosas; inclinado sobre el banco de un parque, con el rostro abstraído, el cuerpo desgarbado, sin duda poseído por un vigor de alcohol, o de droga; víctima de una amnesia temporal; tiritando a pesar del verano.

—¡El novio de la noche! —le gritaron una vez desde un bar, en el frío de New Jersey, frente a trozos de nieve que se licuaban mugrosos en la acera. No quiso contestar. Marchó hacia el sur, en un ómnibus que transportaba cubanos pobres a través de las amplias Carolinas. En Miami alquiló un cuarto donde pasaba días mirando el cielo raso, esperando la llamada que cambiaría su suerte.

Nadie llamó.

Al poco tiempo consiguió trabajo en un hotel, trasladando maletas que contenían la vida y los secretos de huéspedes que ineludiblemente lucían enmascarados. Las propinas podían ser abundantes: su sonrisa agraciada se traducía en dinero.

Su nombre era Efraín.

Quiero contar exactamente cómo ocurrió: se puso de rodillas. Yo había escuchado ya la historia de Cabañas, el pueblo cerca del mar, donde pescaba con su padre y hermanos hasta entrada la noche; un jovencito pálido y delgado, enjuto pero hermoso, con rostro que inspiraba fervor en las mujeres, tal vez porque era de una forma confusa un rostro de mujer. Yo había vivido como en un ensueño su travesía en la lancha, una noche de mayo, desde el norte de Cuba hasta unos cayos al sur de la Florida; conocía de memoria sus años de miseria y hacinamiento en el mismo corazón del Bronx; pero ya esas historias no bastaban.

—No —dije.

Sin dureza excesiva. Sin crueldad. Sencillamente tenía deseos de irme a mi casa a dormir, de comprarme tal vez una camisa (la que usaba se había impregnado de olor a sudor), de fumar en silencio, a plenitud, sin mirar esos ojos que de repente se llenaron de lágrimas.

—No, Efraín.

Y pasaron semanas, meses. Sin cambios en el cielo ni en las estaciones. Así es Miami. Las aguas del canal frente a mi casa se deslizaban inermes, rizadas de vez en vez por una leve brisa, como una franja de tela que alguien ha desplegado sin saber por qué. Una noche llamó desde el salón de emergencias de un hospital.

—¿No querías que ingresara? Voy a ingresar. ¿Vas a venir a verme?

A los tres días fui a visitarlo a aquella sala para drogadictos, donde el sol dibujaba raros diseños sobre una mesa de billar, en la que dos pacientes impulsaban las bolas sin pronunciar una sola palabra. Los objetos redondos y brillantes chocaban entre sí con un seco sonido. Efraín estaba sentado en una esquina, examinando detenidamente las losas del piso. Yo había acercado una silla a la butaca donde él se recostaba con las piernas cruzadas y la cabeza inclinada sobre un hombro. Su cuerpo enteco parecía encogido, como una ropa después de lavada. Me sorprendieron la piel marchita de su rostro, la palidez de sus manos, que se esforzaban por permanecer quietas sobre los muslos.

—Antes te reías tanto —me dijo—. Quiero que vuelvas a reírte otra vez.

Pero en esos momentos yo no tenía ganas. Los dos fumábamos sin prestar atención a las cicatrices que cruzaban de una punta a la otra sus muñecas, y que meses antes no estaban allí.

—¿Qué vas a hacer? —le pregunté, cuando la enfermera vino a avisarme que la hora de visita llegaba a su final.

—Quiero cambiar mi vida. Quiero que tú me ayudes.

—Ya te ayudé. No puedo hacer milagros.

—Quiero que me repitas aquellas palabras, las mismas que me dijiste una vez, cuando nos conocimos.

Pero ya habían pasado algunos años: yo había olvidado qué palabras eran.

—Las palabras no pueden hacer nada por ti. En todo caso, eres tú el que tienes que decírtelas a ti mismo. Tengo que irme. Cuídate.

Se lo dije en inglés: Take care. O a lo mejor le dije: Take good care. Uno se siente impune cuando habla en otro idioma. El hospital estaba cerca de la bahía, y a la salida me senté en un muro a observar una mancha gigantesca que se movía bajo las aguas. Podía ser una manta, pero no sé si las mantas se acercan a la costa. Yo no nací en un pueblo cerca del mar, ni mi padre me llevaba a pescar con mis hermanos hasta entrada la noche; no conozco de peces, ni de anzuelos, ni sé diferenciar entre una buena y una mala carnada; ir de pesca me aburre, prefiero acostarme en la arena de la playa y broncearme, y luego zambullirme en el agua para calmar el ardor de la piel; eso fue lo que al fin hice esa tarde. Mientras flotaba me miraba las manos, que no estaban blancas ni temblaban. La piel de mis muñecas no mostraba ni surcos ni hendiduras. Me repetía que eso era lo esencial.

De esta forma ocurrieron las cosas: un joven cubanoamericano ha rociado con gasolina un auto y le ha prendido fuego. No hay víctimas, por suerte, con la excepción de la carrocería. Ha traído tres hijos al mundo, de distintas queridas, o novias, a las que luego ha abandonado. Se ha acostado con mujeres y hombres a lo largo de la costa este de Estados Unidos, desde Boston hasta Miami Beach. A veces por dinero, otras por puro impulso, otras por algo parecido al amor. En los últimos años ha cumplido con las medidas de precaución que exige la salud, y ha logrado esquivar la absurda plaga que se ha llevado a varios de los compinches con los que acostumbraba a parrandear durante noches interminables, a veces a la intemperie. Se ha cambiado de nombre; pero frente al espejo, al que ha escupido en más de una ocasión, sigue llamándose Efraín. Nadie ha podido cambiar esas tres sílabas, esa í con el acento agudo. Ni aun él mismo.

Aquella vez que se hincó de rodillas frente a mí sentí un escalofrío. No fue piedad. Quiero decir exactamente lo que sentí. Otras veces él había llorado, se había golpeado la cabeza contra la pared. Yo siempre acababa por persuadirlo a que dejara de hacerse daño, al menos en ese instante. Uno nunca se acostumbra a que la gente se lastime deliberadamente delante de uno. Pero esa vez que se puso de rodillas sentí un escalofrío, y luego un repentino deseo de fumar a solas. Fue un deseo natural. La sencilla acción de exhalar humo se me antojó de pronto un hecho muy privado. No quise que nadie más participara de ella. Y me fui sin dar explicaciones.

Frente a mi casa corre un canal, una cinta de agua demasiado tranquila. A veces me parece que es de tela. Una vez un camión se hundió en él. Sólo entonces me di cuenta cuán profundo era, ese sendero de agua que evoca una engañosa mansedumbre, y que el viento riza de vez en vez.

Hace unos años cené con Efraín en un restaurante de Palm Beach. En esa época hacía meses que él no consumía drogas. Ambos pertenecíamos a un mismo grupo de personas que habían logrado librarse del alcohol. Pedimos con ostentación dos botellas de agua mineral a un camarero de rostro reverente, que esperaba una espléndida propina. Se trataba de un sitio lujoso y Efraín se había estrenado un traje y una corbata. Por un descuido imperdonable, la punta de la corbata se introdujo en la sopa, y el calor insolente del líquido la destiñó. Regresamos a Miami por el Turnpike, a toda velocidad, y a cada rato rompíamos a reír, hasta casi llorar. Era primera vez que él usaba corbata. Los pinos al lado del Turnpike eran grandes y oscuros, y se inclinaban sobre la vía desierta a esa hora de la noche. Soplaba un aire de ciclón que al intensificarse zarandeaba el vehículo. La radio hablaba de un huracán que rondaba la costa. La madrugada, enorme y peligrosa, nos empequeñecía.

Luego Efraín volvió a las viejas andadas. Aparecía de pronto con el rostro humillado, mostrando sin pudor las profundas ojeras.

Quiero contar exactamente cómo lo vi una vez: deambulaba en un sueño fraguado por la espuma; adelantaba fechas en su recorrido;

retomaba el pasado y lo forzaba a hundirse en el futuro; apretaba los puños contra las rodillas. Olvidaba los nombres de las gentes, incluso los nombres de las cosas. Yo me volví hacia él y le dije una frase, le hice un gesto, hoy no recuerdo cuáles. Poco más tarde se adentró en la noche, y el azogue que contenía su rostro se hizo añicos.

Pornografía

a *Blanca Reyes*

I

Cada noche de sábado, cinco minutos antes de las doce, la película cesaba abruptamente. Un ruido seco, como un fogonazo, estallaba en la enorme pantalla, donde se disolvían en un segundo los hombres y mujeres que se refocilaban en medio de alaridos de gozoso dolor; sus cuerpos voraces daban paso a la tela blanca e inexpresiva; el mundo se vaciaba.

Las luces en el alto techo del teatro se encendían a intervalos, tal vez para conceder un respiro a los espectadores de ojos encandilados. Una música ensordecedora se abría paso detrás de la pantalla, que al rato comenzaba a levantarse. Una voz masculina anunciaba por un altoparlante el inicio de la función de la medianoche. En ese instante Abel se cambiaba de asiento.

Había pasado parte de la noche en la última fila de lunetas, entregado, por así decirlo, a las secuencias un tanto exageradas que se reproducían a todo color: mujeres de senos contundentes y hombres de enhiestos miembros, que se enzarzaban en vívidos combates, ansiosos por mostrar su vigor, contoneándose en camas, en balances, incluso en escaleras, entre gritos y risas y gemidos, y que luego terminaban exhaustos, pero a la vez felices, sin rastros del hastío o la incomodidad que en la vida real provoca a veces el repentino final de esas proezas.

Pero esta noche, al cabo de dos horas, Abel se había cansado de mirar los mismos actos en diversas posturas repetidos hasta la saciedad, de acariciar mecánicamente su erección en ciertos momentos de intensidad del filme, de encender un cigarro tras otro en la penumbra saturada de humo e impregnada de sudor y humedad, de ahuyentar con maldiciones dichas en voz baja (pero persuasiva) a individuos que amparados en la oscuridad se le acercaban con gestos codiciosos, y se hubiera marchado de no ser porque esperaba el espectáculo de las bailarinas.

Por eso estaba allí. Por eso él, un hombre de salario mediocre, había pagado sin remilgos los quince dólares en la taquilla, como cada sábado de los últimos meses. No por las películas que hubiera podido alquilar y luego disfrutar en la intimidad de su cuarto, ni por el desfile de mujeres desnudas que competían por adoptar la pose más audaz, sino por verla a ella.

Y ahora, cuando el *rock* estridente que estremecía los altoparlantes y las luces que retozaban en el escenario presagiaban su aparición, Abel abandonaba su escondite en la hilera del fondo y se sentaba en la segunda fila. Al cambiarse de asiento evitaba mirar a los espectadores; ya él sabía cómo eran, aunque fueran distintos: ancianos de rostros consumidos por pasiones secretas, incapaces de renunciar a lo que para ellos debía ser un acto del pasado; adolescentes tímidos, fervientes, acostumbrados a la masturbación; homosexuales al acecho de una presa fácil; bebedores en la etapa final de su noche de juerga; drogadictos que en la atmósfera vagamente ilegal del teatro se sentían a sus anchas; u hombres solitarios como él, que por alguna razón preferían participar de lejos de las fiestas carnales en vez de aprovechar esta noche de sábado para estar entre amigos o acompañados por una esposa, novia, u ocasional pareja.

Ahora en el escenario, iluminado por focos rojos, verdes y amarillos, cuatro mujeres con tacones altos, trusas de lentejuelas y altos peinados que culminaban en penachos de plumas, desfilaban en torno a una silla vacía. A medida que se iban desnudando, comenzando con los falsos brillantes que oprimían sus brazos, doblaban torpemente las canciones cuyo volumen amenazaba con hacer estallar los altavoces.

Más tarde, con el fondo de la rugiente música, representaban la parodia de un juicio. La acusada se sentaba en la silla y debía despojarse de la prenda que a duras penas ocultaba el sexo. Un anciano decrépito en la primera fila gritaba a viva voz una frase de elogio. Una de las mujeres convertidas en jueces desenrollaba de su cintura un látigo. Abel se levantaba para comprar mentas o chocolates en el estanquillo del vestíbulo: el sadomasoquismo lo aburría.

También de niño, recordaba de pronto, se levantaba para jugar en el patio de la iglesia cuando el sacerdote comenzaba a describir durante su sermón las penas y torturas del infierno: Abel siempre le había vuelto la espalda al dolor. Comía con lentitud la barra de chocolate y almendras recostado al estante de vidrio, hasta que calculaba que la sesión de golpes y latigazos había llegado a su fin; luego entraba subrepticiamente y se acomodaba de nuevo cerca del escenario.

Tras unos bailes exóticos ejecutados por una brasileña, la voz en el altoparlante anunciaba con altanería la llegada de la joven Sabrina.

Lo más sobresaliente era su piel: bruñida y pura, recién estrenada, tersa como la de una mejilla infantil, hecha para el placer del tacto. Su vestido de encaje transparente realzaba el cuerpo firme. Movía con regocijo los brazos y las manos al entrar en la escena, al compás de una vieja melodía tropical.

Sin embargo, su rostro casi adolescente expresaba ansiedad, y sus ojos asombrados provocaban ternura, no lujuria. No doblaba las canciones al igual que las otras, sólo se limitaba a tararearlas. A veces parecía huir del reflector que la seguía implacable a todas partes, resaltando sus pequeños senos, sus muslos sólidos, sus hombros juveniles; el cabello caía sobre su rostro con la espontaneidad de una llovizna. Al quitarse las prendas interiores se volvía de perfil. Su sombra, agrandada por el reflector, vacilaba en el círculo de luz sobre la roja cortina de fondo. Su busto puntiagudo quedaba al descubierto.

Totalmente desnuda, danzaba con el brío de un jazz escandaloso. Su último número era una balada de Bryan Adams. Sólo en el estribillo su tenue voz, la de ella, repetía claramente: *Everything I do I do it for you.* Y al parecer todo lo que ella hacía lo hacía por este espectador recalcitrante, el único que aplaudía con entusiasmo al final de las piezas. Sus palmadas, incongruentes en el silencio oscuro del teatro, eran acompañadas a veces por un sordo silbido que provenía de las últimas filas. O por las carcajadas de un borracho aburrido, que comenzaba a salir de su sopor. Sabrina se inclinaba en silencio y murmuraba gracias mirando hacia el vacío. Abel se había enamorado otra vez.

A la salida del teatro, en la quietud del estacionamiento, entre vehículos cubiertos por el rocío de la madrugada, se detenía a escuchar una agresiva melodía de despecho en el bar de la esquina; o los maullidos de gatos en celo en un yermo solar; o el remoto ulular de una sirena. Por un instante el tiempo quedaba suspendido, a merced de sonidos familiares y a la vez inconclusos; luego Abel entraba con premura en el auto. Al llegar a su casa se masturbaba frenéticamente. Era el único acto sin interrupciones que llevaba a cabo en los últimos años; el único que llevaba hasta el final.

En otra época padeció de obsesiones; tal vez desde su infancia; definitivamente desde su juventud. Se entregaba a un ideal, a un proyecto, a una relación amorosa o a un simple pasatiempo con fervor, con manos temblorosas, incapaz de pensar en otra cosa que no fuera conseguir lo que se proponía: así había llegado a casarse, a divorciarse, a terminar lo que luego resultó ser una insulsa carrera, a conspirar contra el régimen comunista cubano hasta ser arrestado, a abandonar la isla en una frágil embarcación que estuvo a punto de zozobrar en el mar, y por último a escribir dos libros que en su momento tuvieron relevancia, y que a la larga fueron olvidados. Su foto apareció una vez en el periódico, pequeña e irreconocible. Su nombre dio lugar a un titular. Luego la impresión se volvió amarillenta; el papel adelgazó, se plegó como la piel de un anciano. Ulceras de humedad, de tiempo en forma líquida, emborronaron las letras impresas.

Su mundo hogareño se había reducido en los últimos tiempos a la inocua compañía de un gato. El animal se echaba con regia indiferencia en la mesa de centro, o en la alfombra del baño, mientras su dueño llevaba a cabo las tareas domésticas sin penas ni entusiasmo; la lámpara brillaba de noche en la sala, alumbrando a sus anchas un universo donde los recuerdos se disolvían en la perpetua lectura de libros, o en cartas que no pasaban del segundo párrafo, o en simple somnolencia.

Luego llegaba el sábado.

II

Y aquí estaba de nuevo, en el teatro, ensimismado en la orgía luminosa que no cesaba jamás en la pantalla. La vida trancurría de placer en placer, de risa en risa, de orgasmo en orgasmo, en una plenitud de carne joven, de cuerpos suculentos que se fundían y se separaban para luego volverse a fundir.

Había llovido desde el mediodía, y Abel, antes de salir de su casa, se había preguntado si valía la pena empaparse, al contemplar las calles convertidas en ríos y el agua que caía a borbotones.

Pero su sueño exigía un sacrificio: al fin había atravesado en su vehículo los barrios ensopados del norte de Miami, lentamente, asustado por la escasa visión que ofrecía el parabrisas nublado por el recio aguacero. Un halo incorregible opacaba las luces de carros y semáforos. Una bruma líquida envolvía la ciudad. Entró al teatro con la ropa calada, tiritando. En la penumbra se dio cuenta de que esta noche era el único espectador. Tal vez suspenderían la función de las bailarinas; o tal vez ella, presintiendo la ausencia de público, había determinado no venir. La lluvia repiqueteaba en el techo del cine, prestándole un monótono fondo a los amantes que jamás vacilaban, seguros de sí mismos, empecinados en dar y recibir deleite.

Pero a las doce, como de costumbre, los cuerpos a color en la pantalla se disolvieron con un estampido; las luces se encendieron para confirmar que él era el único capaz de arriesgarse a salir en semejante noche para asistir a esta opaca función; porque era opaca, si se tenían en cuenta las promesas de los carteles, con su anuncio de un espectáculo variado y deslumbrante; opaca porque sólo una bailarina se había presentado bajo la ingrata lluvia a actuar sobre la escena; pero para él, esta función era la más importante de todas, porque la bailarina resultó ser *ella*.

Tal vez por negligencia, el encargado de apagar las luces que iluminaban las lunetas vacías olvidó su función, de modo que al Sabrina subir al escenario sus ojos se encontraron con los del solitario espectador. La joven sonrió al ver al único que la aplaudía luego de cada baile, al único que, en medio de la rala muchedumbre de rostros trasnochados, obtusos o avivados por una lujuria pasajera y vulgar, la admiraba.

La muchacha se acercó al borde del proscenio, como si quisiera eliminar la distancia que los separaba; dio media vuelta y se puso de espaldas, y de inmediato comenzó a desnudarse, sin llevar a cabo esta vez el ritual de despojarse de las prendas con maliciosas pausas. Su arte o su timidez parecían ceder ante la urgencia: a la par que la canción de moda desbordaba el teatro, una furia se apoderó de pronto de sus piernas, de sus hombros, sus brazos, su cabeza, sus pechos, que se ladeaban, se contorsionaban; la sombra sobre el fondo de la cortina roja se agigantaba y empequeñecía en movimientos raudos, demencia-les.

Los vellos en la hendidura donde se unían sus robustos muslos se cubrían de un rocío cuyo aroma Abel adivinaba con la penosa intuición del deseo.

Ella no apartaba la vista de su rostro, contraído por una mueca de exasperación: era evidente que él también deseaba desnudarse, o al menos poner al descubierto la parte de su cuerpo que en ese instante reclamaba atención. Pero mientras más intensa se volvía la danza, más rígida era la pose del espectador, con sus manos cuidadosamente dobladas sobre el vientre.

En el techo la lluvia resonaba con un violento ritmo; estrépitos de truenos ahogaban las melodías de amor; la humedad engrosaba la densidad del aire. De repente una detonación estremeció el local; las luces pestañearon varias veces hasta desvanecerse; en la oscuridad el ruido de la lluvia se intensificó. Abel se quedó quieto con los ojos clavados en el negro vacío del proscenio, donde tal vez se escuchaba un gemido, o una leve risa, o el jadeo de una respiración. El viento silbaba en las altas paredes. Pasaron varios minutos hasta que un hombre, de paso renqueante, iluminó las lunetas con una linterna como si manejara un hostil reflector; su luz cegó por un instante los ojos desconcertados de Abel.

—No hay electricidad —dijo el hombre, como si anunciara una catástrofe—. El show se acabó, vamos a cerrar.

Abel se puso de pie, tratando de observar si el escenario oscuro se hallaba vacío. Tal vez una sombra esperaba en el borde del proscenio. Tal vez no.

Salió por una puerta lateral al estacionamiento convertido en lago, donde las luces de mercurio de la cercana autopista, las únicas que habían sobrevivido al apagón, arrojaban una claridad fantasmal sobre los pocos vehículos que resistían el embate del rabioso aguacero. Cuando abría el automóvil sintió una voz de mujer que lo llamaba desde lo alto de una escalerilla de hierro pegada a la pared del teatro.

—¡Señor! —dijo la voz a través de la lluvia— ¡Señor!

La bailarina le hacía señas desde una puerta entreabierta. Un relámpago iluminó su bata transparente. Abel saltó los hondos charcos, subió atropelladamente por el caracol de metal y se detuvo frente a la puerta oscura, donde una mano helada se apoderó de la suya. Los cuerpos se unieron en un forcejeo, con la torpe premura del reconoci-miento. La ropa ensopada del hombre empapó el encaje que envolvía los senos de la mujer; las bocas se apretaron, mientras las uñas y los dientes dejaban marcas rojizas en la piel.

—Cuidado —dijo la bailarina—. No podemos hacer ruido.

En ese instante regresó la luz. Su rostro no tenía la tersura que los reflectores realzaban, pero aun así era hermoso; su cuerpo resultaba tan firme como él lo había imaginado; su aroma penetrante, mezcla de perfume y sudor, lo exacerbaba. Allí estaban, frente al espejo de un camerino, desnudándose entre frases obscenas; él mordisqueó sus senos; ella se inclinó hacia adelante y besó varias veces su erección. Luego, haciendo un gesto para que él la esperara, entró en un minúsculo baño.

Abel se sentó frente a la cómoda. Un trueno sacudió el enclenque piso de tabloncillos. La luz se fue de nuevo, pero regresó en menos de un minuto. Luego volvió a apagarse con un sordo estallido. Luego vino otra vez, iluminando con fuerza la estrecha habitación.

En ese instante, al mirar su rostro en el espejo, a Abel le pareció que la película había cesado otra vez abruptamente. El camerino se encontraba abigarrado de fotos, vestidos, potes de maquillaje, cintas y estolas y látigos y abrigos, y toda suerte de adornos de mujer. Al espeso sonido de la lluvia se había añadido el ruido de la ducha en el baño, donde una voz desafinada se empeñaba en cantar.

Abel se abrochó el pantalón, sin dejar de observar el rostro casi desconocido que se reflejaba con cruda palidez en el azogue. En la pared, en una hilera de fotos de mujeres desnudas, la de Sabrina ocupaba una esquina. Abel la quitó con cuidado, la colocó dentro de su camisa, entre la tela y la piel; abrió la puerta y se internó en la lluvia.

Esa noche, luego de masturbarse, permaneció desvelado en la oscuridad durante un largo rato, escuchando el agua inundar el jardín. El gato, quejumbroso, se frotaba contra las paredes, tal vez pidiendo salir, ignorante de la andanada de aguacero y viento, de los peligros de la tempestad. Abel recordaba una sombra iluminada por un reflector, una silueta sobre el fondo de la cortina roja: una imagen sin facciones ni cuerpo que ágil se desplazaba por la tela, esclava de una obsesión, de un ritmo, voluble víctima de la fragilidad.

Pero al amanecer la figura se materializó en la espléndida foto al lado de su cama, sobre la mesa, bajo la ventana de cristales que ahora daban paso a la luz. Sus senos se perfilaban quietos; sus muslos reposaban. La lluvia había cesado, y Abel pensó que pronto el sol la alumbraría mejor, a esta mujer que ahora se hallaba al alcance de su mano, esperando perpetuamente ser tocada, o adorada sin tregua, o poseída, en toda su radiante desnudez.

La ronda

a *Lorenzo García Vega*

Una noche, cuando trabajaba de sereno en Cuba, encontré a un hombre muerto. Estaba acostado bajo un flamboyán, con las piernas dobladas a la altura del pecho, la cabeza apoyada sobre una raíz y la espalda y los hombros embarrados de tierra. Fue en el tiempo de seca.

Yo cuidaba un almacén en las afueras de la ciudad, donde guardaban víveres y ron, aunque prácticamente se encontraba vacío. No tenía llave del establecimiento, una nave ruinosa en medio de un potrero, a un costado de un terraplén, y mi trabajo consistía en pasarme la noche dentro de una garita y dar vueltas cada media hora por los alrededores con un rifle sin balas, para ahuyentar a cualquier merodeador. Las luces de Camagüey brillaban a lo lejos.

Recostado a una cerca examinaba el cielo; al cabo de unos meses logré identificar varias estrellas. Un amigo traía a veces una botella de vino, que tomábamos ceremoniosamente, chocando con orgullo los vasos de hojalata mientras brindábamos por el futuro incierto, por el lejano esplendor de otras tierras; pero este hombre, víctima de la tirria de un cuñado chivato, fue a parar a la cárcel por vender ropa clandestinamente.

Cuando a él lo encarcelaron le eché de menos por unas semanas, mientras hacía la ronda acompañado por el canto de grillos y pájaros nocturnos. Una lechuza pasaba graznando, agitando las alas en la oscuridad. Los faros de camiones iluminaban el camino de tierra, los paredones de maleza y caña,
y luego se alejaban traqueteando, rodeados por el polvo. A medianoche, detrás del almacén, un jinete regañaba a un caballo cuando

cruzaban un puente de madera al que la bestia temía por alguna razón, tal vez por su armazón riesgosamente endeble. Los cascos del animal repicaban tozudos sobre un mismo sitio antes de tocar el primer tablón, mientras el campesino maldecía. Sentía su voz colérica y me asomaba para ver su silueta, erguida en la montura, hasta que conseguía superar el mal paso y se perdía tras un cañaveral. Nada ocurría a lo largo de la madrugada. Hasta que encontré al muerto.

Me había adentrado, por aburrimiento, por un trillo que conducía a una casa abandonada, donde pensaba hacer el amor alguna vez, si es que aparecía alguien que me gustara y se prestara a hacerlo. Los serenos siempre piensan lo mismo durante una gran parte de sus horas en vela. Arrastrando el fusil como una escoba, apartaba quebradizos matojos, me quitaba guisasos de la ropa, aplastaba con la punta de la culata plantones de mastuerzo. De repente vi un bulto junto al tronco del flamboyán. Al acercarme pensé que era un borracho que dormía acurrucado. Le toqué un brazo, luego lo sacudí. Era como agitar un trozo de cemento.

Trastabillando, empapado en sudor, llegué hasta la garita y llamé por teléfono a mi jefe.

—Venga ahora mismo. Aquí hay un muerto.

—¿Cómo un muerto? ¿Lo mataste tú?

—Claro que no. ¿Cómo voy a matarlo?

—¿Quién es?

—No sé quién es. Nunca lo había visto.

—¿Cómo no vas a saber quién es?

—¿Y cómo voy a saberlo? ¿No le estoy diciendo que está muerto? No puedo preguntarle. Venga ahora mismo, llame a la policía.

Vinieron dos carros patrulleros, el jeep del jefe lleno de miembros del partido, una ambulancia y una motocicleta. Era el suceso más sobresaliente en aquel ralo sitio en muchos años. Los militantes, que habían bebido un poco, se esforzaban en dar a sus semblantes una expresión grave, y caminaban de un lado para otro susurrando, moviendo la cabeza, con los brazos cruzados en la espalda. Un teniente de gestos majaderos me interrogó dos veces mientras garrapateaba con un lápiz mocho. Me repetía: "Lo que quiero saber es cómo se palmó". Luego llamó por teléfono a su mujer, o su novia, y le dijo en voz baja lo que sonaban, por el tono meloso, como frases de amor. Al muerto se lo llevaron cubierto por un saco de harina, que tenía impresos letreros en ruso. El ajetreo duró hasta el amanecer.

Mi jefe luego me contó los detalles de la investigación: no había sido ni un crimen ni un suicidio. Al parecer los médicos habían determinado que era un caso de muerte natural: se mencionó una posible embolia, o quizás un infarto. Nadie podía explicar qué hacía el hombre bajo el flamboyán. Vivía del otro lado de la ciudad con un hijo (su mujer se había casado otra vez y se había ido con el nuevo marido para un pueblo en Matanzas) y había salido de su casa una semana antes, de mañana, a hacer la cola del pan. Por la tarde el hijo preguntó por él en la bodega, pero nadie recordó haberlo visto. Tenía cuarenta años.

A la noche siguiente sentí miedo. No me atrevía siquiera a hacer la ronda por el almacén. Parado en la puerta de la garita, observaba de lejos la figura frondosa del flamboyán, que resaltaba en la vasta planicie. Los arbustos en los alrededores lucían chatos, canijos; más allá se desplegaba hirsuto el mar de caña. Los grillos y los pájaros guardaban silencio. Sólo un perro de una finca cercana ladraba insistente; más que un ladrido de ira, era como un lamento, como el que se queja de una decepción. Luego los ladridos se fueron espaciando y por último el perro enmudeció.

En ese instante escuché un chirrido que se acercaba por el terraplén. En una bicicleta de cadena oxidada, un ciclista pedaleaba trabajosamente. Al llegar a la cerca se bajó, la arrimó junto a un poste y vino caminando hasta mí. Era un joven de cabellos largos y bigote incipiente. Se pasaba la mano por el rostro, como si quisiera ocultar el vello rubio que no acababa de convertirse en barba. La camisa abierta dejaba ver su amplio pecho lampiño.

—Soy el hijo del muerto —dijo con arrogancia, como impidiendo una frase de pésame—. ¿Tú fuiste el que lo encontraste?

—Sí. ¿Tú vienes del velorio?

—Lo enterramos esta tarde. Dijeron que no se podía esperar más.

Yo miraba fijamente sus ojos penetrantes y secos, de color verde oscuro, como los de un gato. El sostenía mi mirada con aire insolente.

—Cuando lo vi pensé que estaba dormido —dije—. O borracho.

El joven torció la boca y gritó:

—¡Mi padre no tomaba! ¡Ni yo tampoco!

Asombrado, retrocedí un paso, sin entender el motivo de su indignación.

—Tomar no tiene nada de malo. A mí me gusta tomar.

—Yo le tengo asco a los borrachos —dijo más calmado.

Era un joven difícil, seguramente por su situación, pensé. Me puse a acariciar el rifle y luego le pregunté:

—¿Cómo es el nombre tuyo?

—Daniel Semper. Mi padre se llamaba Arturo Semper.

—Tienes un apellido muy curioso —dije, tratando de ser amable—. Semper quiere decir siempre en latín.

El muchacho se agachó para amarrarse los cordones de los zapatos. Al levantarse dijo sin mirarme:

—Qué gracia, estudiar tanto para ser sereno.

Decidí no contestar. Viré la espalda y me puse a caminar rumbo a la cerca que rodeaba la nave. Nubes bajas ocultaban la luna y las estrellas. Al rato el joven se acercó.

—¿Dónde fue que lo encontraste?

—Debajo de aquel árbol.

—¿Tú tienes una linterna? Mi bicicleta no tiene ni farol.

Fui delante, iluminando el trillo. Daniel Semper me seguía tan de cerca que sentía en mi nuca su respiración, levemente jadeante. Al llegar al flamboyán fijé la luz amarillenta en la base del tronco y le indiqué:

—Allí estaba.

Se acostó sobre la hierba y pegó su cabeza a una raíz.

—¿Así? —me preguntó.

—No. Tenía la cabeza recostada a esa otra raíz, la más grande, y el cuerpo estaba de este lado, como si —iba a decir "como si fuera un feto", pero pensé que eso podía ofenderlo—. Estaba todo encogido, hecho un ovillo.

—¿Así? —preguntó, volviendo a acomodarse. La débil luz de la linterna hacía palidecer su rostro.

—Más o menos.

—¿Más, o menos? —y poniéndose de pie me dijo— Acuéstate tú y enséñame cómo estaba.

Su tono era tajante. Estuve a punto de decirle que no, pero sin darme cuenta de lo que estaba haciendo le tendí la linterna, me acosté, coloqué la cabeza sobre la raíz y me enrosqué, doblando las piernas a la altura del pecho. Cerré los ojos y permanecí inmóvil. Cuando los abrí él había acercado la linterna a mi cara, como si no distinguiera mis facciones.

—¿Estás seguro que era así?

—Seguro.

Me levanté y me sacudí la ropa. El me devolvió la linterna sin darme las gracias, y caminamos hacia la garita en silencio. Yo iba delante de nuevo, alumbrando el camino, pero esta vez él se quedaba rezagado; se detenía un momento cuando daba unos pasos y luego echaba a andar con lentitud. Lo acompañé hasta el poste donde había dejado su bicicleta.

—¿No dejó ni una nota? —le pregunté.

—¿Por qué iba a dejarla? El no se suicidó. A él le gustaba caminar, siempre estaba caminando para aquí y para allá, no se podía estar quieto. Yo salí igual.

—Hay gente así —dije en voz muy baja.

—No es que haya gente así. Es que yo soy su hijo.

Montó en la bicicleta y al alejarse se volvió y gritó:

—¡Tú eres igual que yo, tú no sirves para sereno!

Dos noches después volvió a pasar la lechuza, graznando. La vi cruzar sobre la garita y más tarde remontarse a lo alto. Miré con atención, como si quisiera ver el rastro que su vuelo dejaba en el cielo. Tal vez era eso lo que yo deseaba. Daniel tenía razón.

Por la madrugada sentí un ruido bajo el flamboyán. Al principio no me atreví a moverme, pero luego pensé que si no iba hasta el árbol el miedo no me dejaría en paz. Con la linterna en una mano y el rifle en la otra caminé por el trillo, moviendo los brazos exageradamente, para darme valor. La linterna no era necesaria: una luna llena iluminaba el campo. Nada podía escapar a esa luz. Daniel, acurrucado al lado del tronco, me dijo con los ojos cerrados:

—No tengo ganas de hablar.

—¿Qué tú haces allí?

—¿Qué voy a hacer? Dormir.

Me quedé mirándolo por unos minutos. Tenía el rostro crispado; un rasguño cruzaba su mejilla, dibujando en la piel una línea de sangre coagulada. Me pareció que olía un poco a sudor.

—Si necesitas algo me avisas —le dije.

No contestó. Apagué la linterna y estuve un rato debajo de las ramas, rascándome los brazos, mirando el pasto alumbrado de azul. Luego regresé a la garita, arrastrando el fusil por la hierba cuarteada, como un militar que ha perdido el prestigio y sabe que ya nunca tendrá autoridad.

Casi al amanecer me acerqué a él de nuevo. Al verme se levantó, se restregó la cara con las manos, le dio la vuelta al árbol lentamente y parándose frente a mí dijo:

—Dicen que se murió por la mañana. Yo me imagino que se pasó la noche caminando y llegó aquí cuando ya estaba saliendo el sol. Creo que fue por acá, que vino por acá, por el camino del aserradero, bordeando el arroyo. Por allí vine anoche.

—¿Dónde está tu bicicleta?

—Vine a pie. Estoy casi seguro que llegó hasta aquí y puso la mano así, en el tronco. A lo mejor le dolían las piernas. Entonces se agachó, ¿así, ves? Luego se sentó así, encima de las hojas. Y se acostó, primero así, estirándose, ¿ves? Y después recostó la cabeza aquí, ¿aquí, no fue aquí en esta raíz donde tú me dijiste? Y se acurrucó así, como tú me enseñaste, ¿no fue así? Y entonces se durmió.

Me pareció que iba a decir: "se murió", pero dijo con énfasis: "se durmió". Luego cerró los ojos. Unos gallos cantaban en la lejanía. Se contestaban de una punta a la otra, en un lenguaje simple, de pocos sonidos. En un extremo del inmenso potrero el cielo se empezaba a aclarar, con un tinte verdoso.

—Dentro de un rato me voy —dije—. A las seis. ¿Te vas a quedar aquí? La gente del almacén llega a las siete, a lo mejor alguien te ve.

—No te preocupes por mí —dijo echado en las hojas, engarrotado, con voz soñolienta—. Nadie me va a ver. Después regreso por donde mismo vine. A mí me gusta caminar.

Durante una semana lo vi todas las noches acostado junto al tronco del árbol. Llegaba sobre las diez o las once; yo estaba atento a cualquier ruido y siempre lo sentía. A veces le llevaba unas galletas, un jarro de café. Le advertía que en mis noches de descanso debía tener cuidado, porque el otro sereno era un hijo de puta. Luego dejó de venir.

Al cabo de un mes se apareció una noche en la bicicleta, con una muchacha sentada en la parrilla. Trigueña, alerta, de senos desbordantes, disimulaba mal su excitación al bajarse con él y caminar hacia mí colgada de su brazo. Debía tener, al igual que Daniel, cuando más veinte años. La falda corta dejaba ver sus muslos, carnosos pero firmes. Llevaba en la mano una bolsa abultada, como si anduviera de viaje. Parecía a punto de ponerse a saltar, o a correr, y a cada instante se pasaba la lengua por los labios gruesos. Daniel en cambio caminaba con desmañado aplomo, y su rostro conservaba su expresión desafiante, como el que se prepara para decir insultos.

—Esta es mi novia —dijo con sequedad—. Se llama Raquel.

Incliné la cabeza; la muchacha soltó una risita.

—Le voy a enseñar a Raquel el lugar. Vamos a estar un rato. Ve por allá después, te esperamos.

—Si mi jefe viene por casualidad y la ve a ella me va a llamar la atención —dije, aunque de inmediato me encogí de hombros—. Pero a mí no me importa.

—Claro que no te importa —dijo Daniel—. Ven después. Te esperamos.

Los vi alejarse rumbo al flamboyán y luego adentrarse en el trillo. Miré el reloj. Me sentía intranquilo. Fui hasta la cerca y traté de calmarme mirando el firmamento. A los quince minutos no me pude aguantar y fui con rapidez adonde estaban ellos, sin linterna ni fusil. No había luna, sólo los destellos del enjambre de estrellas. Estaban acostados junto al árbol, desnudos, retozando, sobre una especie de frazada blanca. Sus cuerpos abrazados relucían sobre la tela felpuda como si estuvieran embarrados de aceite. Al verme, ella dio un pequeño grito y se tapó los senos, puntiagudos y enormes. Pero a la vez abrió levemente las piernas, mostrando el brote de oscura pelusa.

—Quítate la ropa y acuéstate aquí —me dijo Daniel. Y al verme inmóvil me gritó—. ¡No seas pendejo!

Yo me estaba muriendo de las ganas, pero el recuerdo del hombre acurrucado me paralizaba. Daniel pareció adivinar mis pensamientos, y volviéndose boca arriba se frotó el pene erecto y me dijo:

—Mi padre está muerto, pero yo estoy vivo. Ven, acuéstate aquí.

—No puedo, gracias —sólo alcancé a decir, tragando un agrio buche de saliva, y me alejé temblando. Nunca he vuelto a temblar de esa forma: los dientes me chocaban, las sacudidas me batuqueaban de pies a cabeza y casi me impedían caminar. Llegué junto a la cerca, me recosté a un piñón y me masturbé con los ojos abiertos, mirando hacia el potrero, hasta eyacular dos veces. Luego me acosté en el piso de tablas de la garita y me adormecí. Al cabo de una hora sentí que se marchaban, pero me hice el dormido. Luego el perro comenzó a ladrar en la distancia, con conmiseración. Esa noche resultó la más larga en los dos años en que fui sereno.

Una semana más tarde Daniel regresó solo, pedaleando despacio en la destartalada bicicleta, bajo una llovizna. Se detuvo frente a la garita, meneando la cabeza para secarse el pelo, que el agua dividía en finos trazos. En ese instante arreció el chaparrón. Era la primera vez que llovía en mucho tiempo, y un olor penetrante brotaba de la tierra. Lo invité a pasar y le brindé el taburete recostado a una esquina, mientras yo me sentaba en el suelo.

—Me voy para Matanzas —me dijo al sentarse—. Me voy a vivir con mi mamá.

Cuando dijo «mamá», se me ocurrió pensar que era muy joven. Sin embargo, su frente estaba cruzada por arrugas que yo no había notado hasta ese instante. Como un niño viejo.

—Creo que es lo mejor —dije.

Comenzó a dibujar con su dedo mojado unos círculos en el polvo del piso.

—¿Por qué tú eres sereno? —preguntó de pronto.

Me eché a reír.

—Porque tengo que trabajar en algo, de lo contrario voy preso por la ley contra la vagancia. Ser sereno es más suave que trabajar en el campo, que es lo otro que podría hacer. Desde que me botaron de la escuela me han cerrado la puerta en todas partes. Y ser sereno no es tan malo, si se viene a ver.

—Yo quisiera ser algo, pero todavía no sé lo que es. Mi padre era carpintero.

La lluvia repiqueteaba sobre el techo de zinc. Los truenos retumbaban a lo lejos y los relámpagos, que hendían las nubes con súbito fulgor, alumbraban retazos de potrero, poniendo al descubierto la llanura ensopada. Daniel se puso de pie y dándome la espalda se recostó en el marco de la puerta.

—Un hombre así, que se va de esa forma, un hombre así no quiere a nadie, ¿no es verdad?

Guardé silencio. Al poco rato dijo, sin volverse hacia mí:

—Siempre trabajó duro, hacía mil cosas, era un buscavidas. Pero algo le pasaba, hacía planes y todo salía mal. En parte porque a veces no terminaba lo que empezaba, no se podía estar quieto, yendo de aquí para allá, dejando a la gente con la palabra en la boca, apurado, diciendo que vendría después, que a lo mejor mañana, o la semana que viene. Caminando de un lado para otro. Ni siquiera tenía tiempo para hablar con mi madre, ni mucho menos conmigo, me preguntaba cualquier cosa y después ni oía lo que yo le decía, martillando un pedazo de tabla, o buscando un clavo, o yendo a casa de fulano o mengano, o diciendo que ahora sí, que en el taller de carpintería le iban a subir el sueldo, o que le habían prometido un lechón, o que iba a vender arroz en bolsa negra, o que iba a hacer un barco, o un bate para mí, o los muebles para el cuarto y la sala, y a veces era verdad, pero casi siempre todo era mentira. La verdad, la única verdad, era que él no se podía estar tranquilo, porque no había manera que se apegara a nada, porque en el fondo no le importaba nada, ni siquiera yo. Cuando mi madre se fue se estuvo quieto un par de días, se sentaba en un balance en el portal y me pedía que le trajera agua. Eso fue hace dos años. Pero después volvió a la misma cosa, a caminar, a andar de aquí para allá. Un hombre así es mejor que esté muerto, ¿no es verdad?

Se sentó en el taburete y mirándome fijamente a los ojos me preguntó:

—¿Tú no crees que es mejor que esté muerto?

Yo bajé la mirada.

—No sé. ¿Cuándo te vas?

—Mañana. Me voy en tren. A mí me gusta el tren —y levantándose con brusquedad, me extendió la mano y me dijo—. Ya escampó. Tengo que irme.

La lluvia había formado charcos gigantescos en torno a la garita. Las ranas croaban en la oscuridad. Su bicicleta se alejó chirriando, chapoteando en el agua. Nunca más volví a verlo.

Meses después me arrestaron y me acusaron de estar contra el gobierno. En las celdas los presos vivían como animales. Me acuerdo que en uno de los calabozos había un muchacho con unas facciones muy parecidas a las de Daniel, pero su voz era gangosa, turbia, y sus cejas demasiado tupidas. Se dejaba crecer las uñas de los manos. No me gustaba conversar con él.

Luego vinieron el exilio y los años veloces en Estados Unidos. Cuando cruzaba el campo de noche en automóvil recordaba mis tiempos de sereno. La inmensidad era la misma.

Hace dos años fui de visita a Cuba, a ver a mi familia y mis amigos. En un carro alquilado anduve por todo Camagüey, perplejo. Por las noches, en el cuarto del hotel, no me podía dormir. Tenía un peso brutal sobre el pecho.

Una mañana decidí llegar hasta aquel almacén en las afueras donde yo había pasado muchas noches en vela. Junto al camino la gente se apilaba, esperando un transporte; en cada tramo se arremolinaban decenas de personas, con niños a cuesta, jabas, sacos y cajas de cartón. El terraplén era un gran fanguizal; lomas de barro se desmoronaban debajo de las ruedas.

De la garita sólo quedaba un poste y un par de tablas roídas y negruzcas; el almacén ya no tenía ventanas, ni puertas, sólo huecos; la hierba crecía adentro, en las grietas del piso. Me bajé del carro y di una vuelta por los alrededores.

El flamboyán estaba florecido. Rojas, anaranjadas, o moteadas de blanco, las flores en racimos relucían en la copa como un techo brillante. Vainas de cuero, colgantes, como estuches, o frutas disecadas, oscurecían en parte el esplendor. Las hojas diminutas, de un verdor intenso, se aglomeraban alrededor de tallos para formar otras hojas más grandes, alargadas, suntuosas. Algunas amarillas parecían madurar. Las ramas se doblaban, se erguían y se expandían, armando un entramado, esparciendo el follaje. El tronco principal tenía hendiduras de donde brotaban, como una miel rojiza, chorretadas de savia endurecida. Y abajo, a ras del suelo, en el fresco y la sombra, se alzaba abrupta la enorme raíz, en la que una mañana un caminante apoyó la cabeza para descansar.

El novelista

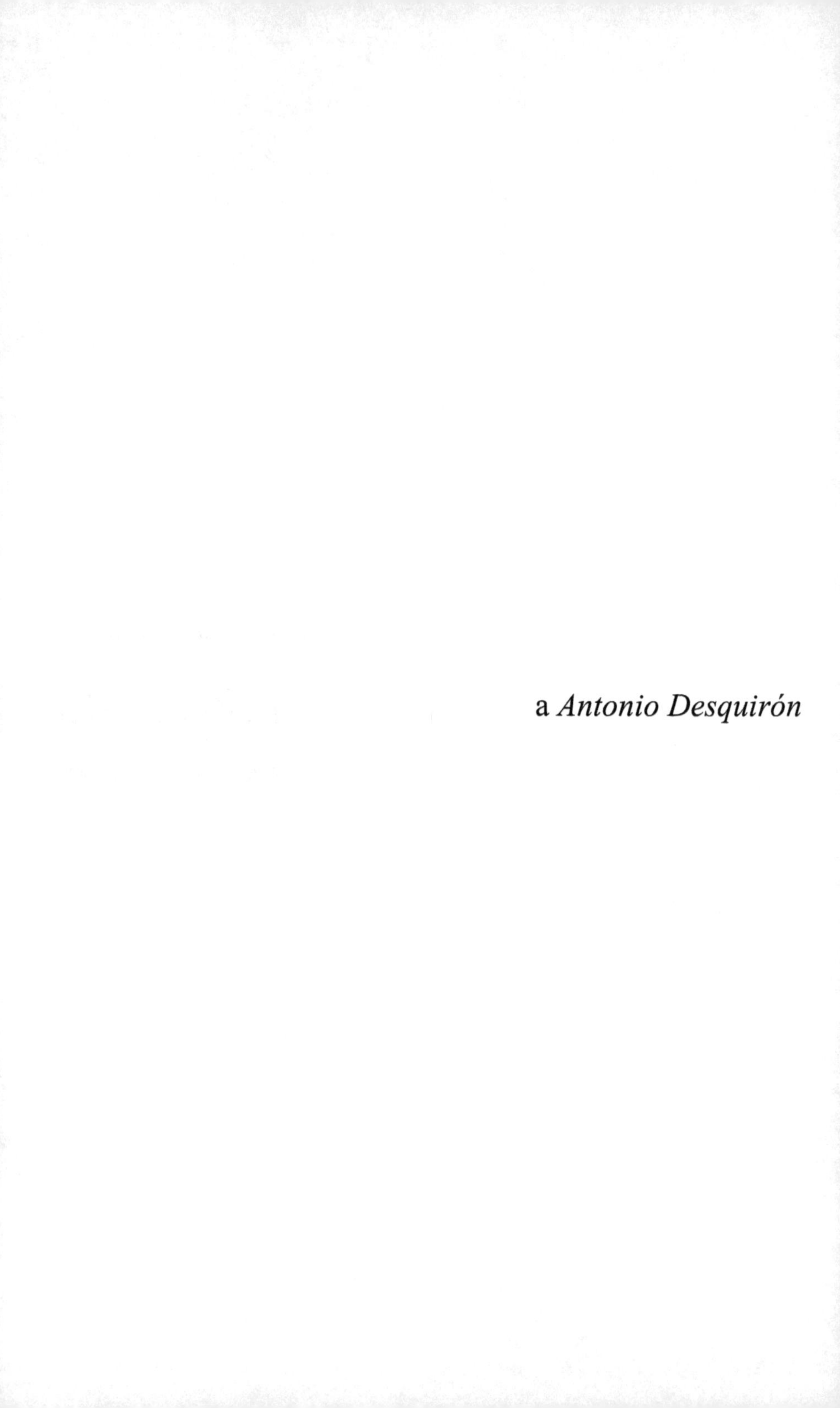

a *Antonio Desquirón*

I

Para escribir una novela perfecta, que sumara las miserias y alegrías de una vida, que uniera presentes, pasados y futuros en la planicie de la página en blanco, César había escogido las horas soterradas de la noche. Ruidos lejanos empañaban a veces la transparencia de la madrugada: el metal de una voz, el ronroneo del motor de un vehículo, el desabrido ulular de una sirena, la fugaz melodía en una radio, el quejido de un pájaro, amplificaban el abismal silencio y despertaban ecos, resonancias en el aspirante a escritor.

El calor lo obligaba a mantener de par en par las puertas y ventanas, por donde circulaba un aire denso, un olor a jazmines contaminado por agrios desperdicios, una humedad que se adhería a la piel, al pelo y a la ropa. Desde su sala en un barrio pobretón de Miami se remontaba a través del lápiz y el papel a un paisaje de su provincia en Cuba: un hombre caminaba a la orilla de un río, en cuyas aguas se reflejaba una palma reseca, fulminada por un rayo. Algo flotaba mansamente en el agua, tal vez el cuerpo de una adolescente; si estaba muerta o viva, era el próximo enigma que el narrador debía solucionar.

En ese instante la madre de César, que había bajado de su cuarto en los altos, le reprochaba:

—Son las dos de la mañana y tú con la puerta abierta. Un día un ladrón nos va a hacer pasar un susto.

—Los ladrones saben que soy un escritor que no tiene dónde caerse muerto. ¿Tú crees que a alguien se le va a ocurrir robar en esta casa, que prácticamente no tiene ni muebles?

Y continuaba dándole forma en el papel al cuerpo de la joven que se deslizaba en la corriente, aunque ahora sin lugar a dudas viva: al darse cuenta de que un extraño la observaba, había dado de pronto unas brazadas para acercarse a la otra orilla, lejos de la mirada del intruso. Una cerca de alambres bordeaba la hondonada para coartar el paso a una manada de reses enclenques que holgazaneaban entre yabas y cedros.

El hombre junto al río se parecía bastante al hombre que escribía. César luchaba por esquivar las trampas de la autobiografía, pero en esta novela resultaba imposible zafarse totalmente del revoltijo de memorias, vivencias: los personajes estaban modelados a partir de personas que él había conocido, o creído conocer, o simplemente entrevisto en la amalgama de luces y sombras en la que había transcurrido su vida; pero ahora su recuerdo, su evocación, su falsificación, al igual que la joven en el río, daban brazadas para alejarse. La cadencia de frases se disolvía entre espasmos; era hora entonces de interrumpir la sesión de escritura, quizás de visitar a Shirley, la americana que vivía con sus padres y su hijo más pequeño al doblar de la esquina, atrapada entre el papel de una madre abnegada y el de una mujer que desea con fervor ser poseída.

César contaba las páginas que había escrito esa noche, tachaba palabras y oraciones torpes que resaltaban como protuberancias en el accidentado tejido del texto, cerraba puertas y ventanas y luego echaba a andar por la calle desierta, bajo el cielo estrellado, o nublado, o simplemente oscuro; el vacío gigantesco que amenazaba con absorber los árboles, los techos, el sueño perezoso de esta ciudad al sur de la Florida, o al norte de La Habana. La geografía podía ser engañosa, se decía, mientras sus botas repicaban en el pavimento.

Tocaba quedamente en la ventana del cuarto de Shirley; al rato un rostro aparecía en la sombra, tras el vidrio, mostrando una mueca de alarma que al instante se distendía en sonrisa. Shirley siempre se alegraba de verlo a esa hora inapropiada; salía en bata de casa y cruzaba con prisa el jardín, hasta llegar a los arbustos donde César esperaba agachado, picado por insectos y molesto por las hojas y ramas que rozaban su espalda con tacto carnal. Caminaban de brazo hasta el cuarto de trastos en el fondo del patio, donde el padre de Shirley había tenido la feliz ocurrencia de guardar una cama.

Se tendían sobre el colchón, entre las herramientas, los cachivaches, las latas de pintura a medio usar que despedían un olor hiriente, mientras afuera el perro, amarrado a la cerca, ladraba atolondrado. Se abrazaban jadeantes, se despojaban de la ropa interior cuchicheando promesas, alabanzas, obscenidades en inglés y español, se internaban voraces en una jungla de lenguaje, de chasquidos, murmullos, quejidos y suspiros. César entraba y salía de aquella carne hasta que al fin se quedaba atontado, con la cabeza hundida entre los senos por los que resbalaba el sudor.

Shirley hablaba en voz baja de sueños, de proyectos, de su necesidad de hallar un hombre que atendiera a sus hijos, sobre todo al pequeño, que acababa de cumplir seis años; un hombre que le diera un hogar, una seguridad, no solamente un efímero abrazo; César ya no escuchaba. Escuchar los reclamos en inglés le parecía una broma. Su mano reposaba sobre el hombro de la mujer con la dejadez de quien no quiere dejar una marca. El bajo techo del cuarto repleto de trastos comenzaba a oprimirlo, como si amenazara con descender al piso y comprimir su cuerpo y el de su vecina, cuyo nombre olvidaba momentáneamente.

A los pocos minutos lo recordaba.

—Shirley —decía César—. I'm not the man for you.

Ella se levantaba murmurando incoherencias, se vestía avergon-zada en la penumbra; su pelo rubio se negaba a amoldarse; sus manos no encontraban los broches de la bata. César se maldecía en silencio por haber olvidado los fósforos junto a las páginas escritas a lápiz; en ese instante sólo quería fumar.

A la noche siguiente describía con minuciosidad la aventura de su protagonista con una mujer de treinta años, de pelo rubio y grandes ojos verdes, de labios finos, divorciada dos veces, con un lunar en el seno derecho. En la novela los encuentros nocturnos tenían lugar en un rancho ruinoso, en las afueras de Camagüey, la ciudad natal de César.

Las gallinas dormitaban en sus jaulas de alambre; o mejor dicho, corrigió en el texto, apenas descansaban, porque a cada crujido de la cama del rancho respondían con un sobresaltado cacareo, y sus ojos desprovistos de comprensión brillaban en la sombra, azuzados por la curiosidad. Durante los respingos soltaban plumas que tapizaban a la larga el piso. Tanto el protagonista como su amante trataban de contener la risa ante el susto perpetuo de las aves.

La mujer de ficción era una campesina que no esperaba cambiar su destino. Shirley, en cambio, era oriunda de Miami, tenía ambiciones, había vivido en Boston y New York, aunque siempre regresaba a este barrio que poco a poco se había poblado de exiliados cubanos, para disgusto de sus padres, sureños habituados a mirar a la gente de otro país e idioma como miembros de una raza inferior. Ahora uno de estos sujetos se acostaba tres veces por semana con la hija, en el cuarto de objetos inservibles, mudos sobrevivientes de un tiempo de abundancia.

La novela se fragmentaba a veces, se ampliaba y se encogía. En diez meses César había logrado escribir sólo cien páginas. Una noche, aterrado, se dio cuenta de que algo faltaba en ella: una especie de ardid, una celada para convencer al lector de que debía proseguir las andanzas a través del paisaje inventado. Su verdad, la verdad de él, que intentaba plasmar con la punta afilada del grafito, le parecía de repente aburrida, carente de significado.

Pasó semanas sin escribir; en el jardín rechinaban los grillos; la madrugada se disolvía en retazos de neblina y frialdad; las líquidas estrellas se apagaban. Leía con fervor hasta el amanecer la antología de poetas desterrados cubanos
del siglo XIX, buscando un compromiso, una señal. Memorizaba versos de Zenea: «Cuando emigran las aves en bandadas, suelen algunas, al llegar la noche, detenerse en las costas ignoradas...». Por esa época Shirley le dijo que no volvería a verlo. Un hombre la rondaba con intenciones serias; tenía incluso una casa. César sintió un alivio. Sin embargo, una mañana, camino del trabajo, la vio sentada en el quicio del portal, peinándose con movimientos obsesivos y con los ojos fijos en la hierba; al mirarla de lejos, César pensó: *nunca olvidaré a esa mujer.*

Al mes siguiente Shirley se mudó. Los padres se encerraron en la casa, que habían rodeado de una enorme tapia que le daba el aspecto de un fortín, para con el cemento mantener a raya a los impúdicos vecinos, habituados a expresar sus pasiones en alta voz, en un lenguaje raro y atropellado. El mismo que César aspiraba a domar en sus cuartillas llenas de tachaduras. Porque al fin, al cabo de dos meses, en las horas de enjundiosa vigilia, el lápiz desgarraba otra vez con un seco sonido la planicie de la página en blanco.

II

A los ruidos curiosos, sugerentes, de las noches en calma, se sumaron de repente otros: silbidos, pasos apresurados, nombres pronunciados con urgencia, expresiones que sonaban como mandatos: «Vamos», «Apúrate», «Aquí», intercaladas a veces con palabrotas, toses y suspiros.

A través de la puerta de par en par, César veía pasar jóvenes sin camisa, muchachas con faldas y blusas reducidas a un retazo de tela, hombres de facha burda y mujeres de andar estrafalario. Los desafiantes transeúntes nocturnos observaban a su vez con recelo al hombre que bajo una lámpara de luz brutal escribía a mano en el centro de la sala amueblada por una mesa, dos sillas y un sofá.

Sin conocerlos, César sabía perfectamente quiénes eran. Pero sumergido en el torrente que lo arrastraba a través de otras tierras, que lo forzaba a dibujar escenas en las que seres ficticios se amaban o se humillaban o simplemente simulaban vivir, no prestaba demasiada atención al desfile.

Los lunes y los jueves, a las doce en punto de la noche, César quebraba el cepo de las palabras y se dirigía en el automóvil hasta un centro comercial cercano. Dejaba el carro junto a la acera y caminaba hasta un banco de piedra. Poco antes de la una, el Ford blanco y azul aparecía en la calle despoblada, que las luces de mercurio alumbraban con mortecino esplendor. Su chofer, un hombre delgado de unos treinta años, de bigote y cabellos oscuros pero de piel singularmente blanca, se bajaba del auto y se acercaba con paso distraído hasta el banco del novelista.

Hacía seis meses que se veían en el mismo lugar, los mismos días, a la misma hora: dos hombres tímidos, reticentes, que hablaban del trabajo, de la noche, de la música popular, del exilio, de la niñez en Cuba, de la política, del dinero, de la familia (Iván daba detalles de su esposa, sus hijos; César de su madre), de todo menos de la razón por la que se citaban sin palabras en aquel ralo sitio. Al poco rato, Iván, que esos dos días de la semana le tocaba en la fábrica el oneroso turno de la madrugada, se despedía con una frase abrupta, pero dejando entrever la esperanza de ver de nuevo a César dentro de tres noches. En ese mismo banco. Y así ocurría.

El personaje principal de la novela que César escribía había empezado al fin a perfilarse: un hombre ambiguo, contradictorio, cuya vida amorosa se fraguaba en secreto, protegido por sombras, en ranchos derruidos, cuartos de trastos, esquinas solitarias; un individuo que no quería compartir su existencia, que no sabía lo que era una promesa, ni una entrega, ni el gozo ni la monotonía de despertar cada mañana con otro cuerpo al lado; un hombre apasionado pero a la vez distante, atraído de la misma manera por personas de uno u otro sexo, incapaz de sostener una relación que no fuera clandestina.

Su vida verdadera transcurría de noche: de noche escribía, leía, amaba. Lo demás, el trabajo, las faenas rutinarias,
pertenecían a la zona evidente, y por lo tanto opaca, que tenía lugar entre la salida y la puesta del sol. Entretanto las palabras se unían y se desparramaban; otras veces colgaban a horcajadas en la punta de páginas que el escritor desechaba con furia, con total desatino.

César cumplía ese mes cuarenta años. Llevaba tres escribiendo el proyecto que al parecer no acabaría jamás. Un frío despampanante acalambraba a Miami, y ahora él se daba el lujo de mantener las puertas y ventanas cerradas durante su trance de escritura nocturna, lo que ayudaba a que su madre durmiera confiada en que los imaginarios ladrones no asaltarían la casa.

El novelista debía admitir que el miedo de su madre tenía ahora un fundamento. El desfile nocturno no cesaba; algunos transeúntes, con el paso del tiempo, al darse cuenta de que el hombre dedicado a malgastar papeles era más bien un loco inofensivo, lo saludaban con efusión, le preguntaban por su salud, su trabajo; incluso dos o tres se atrevían a pedir cigarrillos, y un jovencito audaz llegaba a suplicar, con ojos angustiados, un dólar, dos pesetas, cualquier cosa.

—No participo en la destrucción de nadie —decía César.

Frase oscura que el joven pedigüeño no intentaba aclarar. Tenía unas cejas gruesas, el único detalle sobresaliente de un rostro hermoso, pero desgastado por las pequeñas piedras conocidas por *crack*.

—¿Crack? —preguntó César cuando oyó mencionar por primera vez la droga.

—Crack —le reafirmó Tomás, el cubano que había combatido en Viet Nam, y que se había mudado recientemente con su esposa americana, Alice, para la casa de al lado, con los dos hijos de ella—. Un veneno. Una piedra maldita.

—¿Pero por qué se llama crack?

—Qué sé yo.

Y luego César había escrito: *Crack*: romperse, abrirse, rajarse, resquebrajarse, agrietarse, cuartearse, estallar, restallar, crujir, cascarse, avanzar a toda vela, ceder, rendirse, darse por vencido, fallar, debilitarse, descomponerse, perder el control, enloquecer.

Había copiado los significados de un viejo diccionario; pensaba utilizarlos en un cuento. En la novela, cuyo argumento se desarrollaba en Cuba, en la década de los setenta, resultaba imposible mencionarlos.

Tomás tenía motivos para juzgar de forma tan severa la droga: su esposa Alice se había aficionado en los últimos meses al humo blanquecino que brotaba de la sustancia cuando se cocinaba. César había observado los dedos quemados de la mujer, sus uñas con tachones, como si el esmalte se hubiera corrompido.

—Vil, vil —decía Tomás.

A pesar de haber salido de Cuba con diez años, su dominio del español asombraba. Lo contrario le ocurría a Iván, que había llegado a Estados Unidos a esa misma edad. En el diálogo incierto, pespunteado con pausas y frases inconclusas, que sostenía con César en la calle desierta frente al centro comercial, saltaba del español al inglés sin darse cuenta de que había cambiado de idioma.

—I'm afraid —era una de las afirmaciones que jamás podía decir en su lengua natal.

—¿Pero miedo de qué, de mí? —preguntaba César en un sobresaltado castellano.

Iván callaba. Las luces de neón de un anuncio (una farmacia proclamaba gangas) resaltaban la oscuridad de su pelo, su bigote, sus ojos, y a la vez la blancura de su piel.

—No, I'm afraid of myself —decía al fin.

César entonces no sabía qué decir. En ninguno de los dos idiomas. Luego se despedían dándose la mano, mirándose fijamente a los ojos, midiendo cada gesto en el rostro del otro, regateándose una expresión de afecto. Cualquiera que observara la escena podía pensar que se trataba de dos hombres que acababan de cerrar un negocio. Sólo que a esa hora nadie observaba; en la media hora que duraba la conversación, apenas tres o cuatro automóviles cruzaban por la avenida, y sus choferes nunca prestaban atención a las dos figuras absortas en las trampas y equívocos del diálogo.

César se había propuesto interrumpir siempre la escritura a las tres de la mañana; debía levantarse a las ocho para ir a trabajar. Sin embargo, a veces no podía detenerse hasta el amanecer. La mano que trazaba palabras poseía vida propia; no era posible ordenarle que cesara. La luz del día ponía al desnudo el frondoso jardín (el último reducto de su madre en su batalla contra la soledad y la vejez), la calle muda, las casas desprovistas de todo signo humano. En la acera de enfrente una de ellas, de ventanas cubiertas con cortinas raídas, de paredes y techos veteados de musgo, al borde del colapso, era el centro del ajetreo nocturno, el punto de reunión de los que deambulaban por el vecindario todas las madrugadas. Sin embargo, la llegada del sol ya los había ahuyentado.

César la había bautizado como la casa facinerosa. Sus propietarios, o tal vez inquilinos, se confundían con los visitantes, al punto de que el novelista, cuya vocación se alimentaba de la curiosidad, no había podido determinar quién o quiénes vivían allí desde la muerte de la anciana que por toda familia tenía un montón de gatos. César había heredado uno de ellos, que ahora acechaba salamandras e insectos en el jardín, como su dueño acechaba efímeras ideas que ya se diluían con el amanecer. Más tarde abandonaba el sueño de las frases para entrar, al menos por dos horas, en otro sueño más abigarrado.

Una pesadilla lo asediaba en los últimos meses: caminaba a través de una llanura calcinada por un incendio. Del terreno agrietado salían en estampida reptiles y alimañas. A lo lejos unas montañas ardían como antorchas gigantes; un ventarrón arrastraba el vaho de la candela, espesando el paisaje, oscureciendo el cielo, espantando las aves que chillaban girando, arrebatadas. César buscaba amparo bajo arbustos entecos, cuyos troncos y ramas supuraban un líquido parecido a la sangre. En ese instante, un hombre de bigote y cabellos oscuros, de piel peculiarmente blanca, atravesaba descalzo un descampado, indiferente a la tierra estragada, al vendaval de bichos iracundos, al ardor que quemaba la planta de los pies.

—¡Iván! —gritaba César— ¿Te lastimaste? —y luego, recordando en el sueño que era mejor recurrir a otro idioma, preguntaba— Are you hurt?

—No trates de apagar esas montañas —contestaba Iván—. Don't try. Don't. Déjalas que se apaguen ellas solas. Life takes care of itself.

César despertaba temblando. Luego anotaba el sueño para incluirlo en la novela. Pero al llegar la noche se daba cuenta de que sus personajes no guardaban relación con esa escena en llamas, y el pedazo de papel manuscrito quedaba en la gaveta, esperando tal vez otra oportunidad.

III

—¡Se olió el televisor!

El grito de Tomás repercutió en la madrugada.

—¡Se olió el televisor!

César escribió la frase en el margen de una página. Al momento el vecino cruzó la calle con paso vigoroso, como de pasodoble militar, vestido con ropa de camouflage heredada de sus escaramuzas en Viet Nam, y fumando de manera vehemente, como si de aspirar el humo dependiera su vida. Su barba descuidada había empezado a llenarse de canas, y su pelo enmarañado había perdido el brillo bajo una pátina de grasa y suciedad. El novelista lo compadecía. Sin duda, pensó ahora, el grito de Tomás quería decir: ella se olió el televisor. Uno de los pocos objetos que quedaban en la casa cuyo interior desnudo volvía en comparación lujosa a la de César.

El escritor se preguntaba si podía incluir a Tomás y a su mujer, al menos de una forma pasajera, en la novela que en el último año había crecido a más de trescientas cuartillas. En la Cuba de los años setenta él había conocido parejas semejantes, protagonistas de escándalos y orgías, entregadas a la negligencia, las borracheras, la infidelidad. Pero no resultaba sencillo trasladar a una rubia californiana como Alice a un barrio marginal de Camagüey.

—Mi padrastro me violó a los doce años —contaba Alice,

recostada a la ventana de César, que dos o tres noches por semana se veía obligado a detener su labor para escucharla—. Mi madre se hacía la de la vista gorda. Eramos cinco hermanos, yo era la menor. Mi padre se había ido para New York con otra mujer (nunca más volví a verlo), y apenas teníamos para comer. Mi madre trabajaba de camarera, mi padrastro vendía pólizas de seguro, siempre estaba hablando por teléfono con supuestos clientes, pero en realidad su trabajo era beber cerveza. Y jodernos la existencia, la mía y la de mis hermanos. Pero la verdadera víctima fui yo.

César, que se había pasado una considerable parte de su vida oyendo confidencias, algunas de las cuales utilizaba luego al escribir, asentía con la cabeza mientras escudriñaba a la mujer, que usaba siempre unas gafas oscuras. A esa hora de la noche, los espejuelos ejercían sobre él un dominio, una fascinación. Mientras hablaba, Alice respiraba agitada, y sus senos, rozando el marco de la ventana, llevaban el compás del resuello.

—Por eso me casé tan joven —Alice se humedecía con la punta de la lengua los labios resecos—. Con la mala suerte que el tipo también era un borracho. Incluso me pegaba. ¿Qué se piensan los hombres? A veces me gustaría meterme en la cabeza de alguno, a ver qué carajo pasa allá adentro. No estoy hablando de ti, tú eres una persona decente. Bueno. Ni sé por dónde andaba. Ah, sí. En fin, que me divorcié, me casé dos veces más. Para hacer corta la historia: tuve dos hijos, una hembra y un varón, luego me encontré a Tomás, que está jodido por lo de la guerra, pero al menos no me maltrata. Y a su forma los quiere a los dos. Ahora la niña está enferma, tiene fiebre, yo creo que es de la garganta, a lo mejor un virus, salen hasta en la sopa. Te lo digo, el planeta está contaminado, ese es el resultado de las armas químicas, de los desechos nucleares, de las cosas que el gobierno se calla. Para no hablar de las fábricas, de las grandes industrias que nos quieren envenenar. Y los niños son los que pagan, porque son los más débiles. No pienses que estoy exagerando. Ahora mismo tengo que comprarle un calmante a la niña, y no tengo un centavo, por eso vine a molestarte. ¿Me puedes prestar diez dólares?

—Te puedo dar dos, es lo único que tengo.

—Algo es algo —decía la mujer, apretando la boca y extendiendo la mano a través de la ventana. Y de inmediato se marchaba, metiéndose en el seno los dos preciados y estrujados billetes. Sin volver la cabeza. Sin dar las gracias. En ese instante se desataba un violento aguacero.

César, furioso, intentaba retomar el hilo de la narración. Había perdido momentáneamente el entusiasmo ante el bloque de signos ilegibles. Además, había olvidado qué hacer con este personaje secundario, esta mujer que se guarecía de la lluvia en una casa abandonada, de paredes con grietas, sin muebles ni cortinas. Por el techo se filtraba el agua; la escena transcurría bajo un denso chaparrón. La mujer se ajustaba las gafas oscuras. Se trataba de un personaje absurdo, de ideas y acciones absurdas. Ahora, desorientada, se había agachado para pasarle la mano por la cabeza a un gato, que al igual que ella huía de la intemperie. Tal vez César podía forzarla a vivir una aventura, utilizar ese lóbrego sitio para un intento de asesinato, o una violación. Eso sin duda buscaban los lectores: acciones contundentes, enredos imprevistos, que le pusieran condimento a la trama. César quería esquivar el sensacionalismo, pero se daba cuenta de que el lector tenía derecho a reclamar su porción de suspenso, de emociones o de simple acicate.

Introdujo en la escena un hombre de mala facha, que deambulaba con los cabellos chorreando agua por los alrededores de la casa en ruinas. Remolón, oteaba por el patio, se asomaba por ventanas y puertas, escrutando el oscuro interior de la vivienda con ojos de animal merodeador. Un encuentro sexual con un desconocido, bajo la intensa lluvia, podía a la larga excitar a la mujer, cuya larga secuela de penurias la había obligado a abandonar su hogar. Pero el hombre dibujado por César sólo inspiraba miedo o repugnancia; hubiera sido cruel permitirle que poseyera mediante la violencia a la frágil mujer, que ya bastante había sufrido en los últimos meses, aunque en parte por su propia irresponsabilidad. ¿Merecía acaso ella otro escarmiento? En ese instante el novelista se sentía un dios menor, una divinidad capaz de transformar los destinos ajenos.

Sin embargo, César sólo era capaz de describir lo que en cierta forma él hubiera vivido, o lo que hubieran vivido personas allegadas o al menos conocidas. Un intento de crimen o una violación no eran hechos cercanos, y por lo tanto quedaban fuera del material amorfo al que acudía para dar forma a su larga novela. Sus colegas lo acusaban de falta de imaginación, de aferrarse a formas narrativas que olían a rancio, que no tenían vigencia.

Afuera el vendaval calaba los arbustos; el gato tembloroso, que había recibido las caricias de la mujer, había buscado refugio debajo del sofá en el que César colocaba las hojas manuscritas. En la acera de enfrente, un hombre con aspecto de pordiosero, con el pelo empapado, golpeaba con urgencia la puerta de la casa ruinosa, pero nadie parecía escucharlo. La lluvia había acabado con el ajetreo. Los charcos se agrandaban en el jardín, cercando la maleza, y en la calle los súbitos arroyos arrastraban desperdicios y ramas.

El novelista, previendo que el desconocido vendría a guarecerse en su portal, cerró la puerta; luego en su cuarto se arrodilló en la estera al lado de la cama. Era un hábito que había adquirido en los últimos años, tras una hospitalización por alcoholismo. Recostaba los codos en la almohada y recitaba rezos aprendidos de niño, obedeciendo la fórmula latina sugerida por Jung: *spiritus contra spiritum*. Su propia voz a veces le sonaba ajena, y con sorna se decía: el minúsculo creador implora el auxilio del gran Creador. Pero a la noche siguiente repetía el ritual, convencido de que no le quedaba otro recurso. Al levantarse, observaba las huellas en la estera: dos hendiduras en forma de círculo, mal dibujadas en la felpa azul.

IV

Un jueves por la noche Iván decidió no ir a la fábrica. Sentía calor, le dijo a César, tenía el capricho de bañarse en el mar. Fueron, cada uno en su auto, a una quieta ensenada. A César no le pesaba abandonar su novela esa noche; las manos que sujetaban el timón temblaban. Los Eagles, en la radio puesta a todo volumen, estremecían el interior del carro con guitarras y voces plañideras. En la avenida Collins y en los grandes hoteles reverberaban eléctricas escarchas, irradiando corrientes de color. Más adelante el esplendor urbano cedía el paso a pinares, a cocoteros, a una que otra desamparada palma. La noche era en efecto calurosa. Una luna amarilla se levantaba sobre el ancho puente que demarcaba el término de Miami Beach. Unas nubes oscuras la cercaban, como aves gigantescas atraídas por la luz.

Caminaron un rato por la playa, conversando con exaltación de las más absolutas nimiedades, observando las olas tumultuosas, que en un segundo depositaban gruesos manojos de algas en la arena y un instante después retiraban la carga.

Iván fue el primero en desvestirse y colocar la ropa sobre un montón de rocas. Se unieron en el agua, tragando sal, saliva, forcejeando, aferrándose a los hombros, los brazos, como si se encontraran a punto de ahogarse, sumergiéndose para luego flotar con la respiración entrecortada, hasta que por último se tendieron en la orilla. El cielo encapotado se deshacía de pronto en una mansa lluvia, que duraba lo mismo que un respiro profundo, y que más tarde se renovaba con un golpe de viento; no era posible distinguir si el agua que empapaba los cuerpos provenía de las nubes o del mar.

Horas después la claridad incipiente del día, una línea grisácea en la que cabeceaban unos botes de vela, los conminó a vestirse. Se sentaron a fumar en un muelle, cuyas tablas crujían. Unas gaviotas buscaban comida, horadaban la arena, revoloteaban a ras de las olas con alas puntiagudas, chillando. Un pedazo de luna blanquecina sobrevivía en el cielo, a pesar de la luz de la mañana. De repente Iván se echó a llorar. César quiso abrazarlo, o pasarle la mano por el pelo, o al menos tocarle un hombro, pero sus músculos se paralizaron. Quiso decirle: "Iván, no llores, te lo pido de favor", pero la voz se negó a articular sonidos. Se despidieron sin decirse una sola palabra.

Por ese tiempo la novela se estancó en una escena decisiva, en la que el personaje principal debía determinar si seguía o no viviendo. Si optaba por el suicidio, la novela no tenía razón de continuar, y el final sería abrupto y poco convincente; si no lo hacía, era un simple cobarde, inconsecuente con su propio destino, y la novela se debilitaría. César comenzó a dudar de la eficacia de toda aquella historia, a la que había dedicado cuatro años, viviendo y girando en torno a ella, como hacen los amantes en torno a las personas a las que aman.

César se preguntaba en ocasiones si alguna vez había amado a alguien. Hombre de afectos devastadores, a la larga evitaba los roces, las relaciones que podían atarlo; si el amor era una rendición, él no lo conocía; si era deseo, curiosidad, ahínco, entonces lo había experimentado con una intensidad poco común.

A partir de la noche en la playa, continuó yendo los lunes y los jueves al banco frente al centro comercial, a observar los anuncios de neón. La quietud volvía audibles las insignificantes señales de vida: el chirrido de frenos en lejanas esquinas, el maullido vitriólico de un gato. Iván no volvió a aparecer. Ahora a César sólo le quedaba tratar de incorporarlo a la novela, hacerlo respirar en las páginas, al hombre delgado de unos treinta años, de cabellos y bigote oscuros y piel particularmente blanca, torturado por un crimen secreto, dispuesto a borrar huellas, a quemar puentes, a negar que la luna puede seguir brillando pese a la salida del sol.

La única solución era empezar la novela de nuevo. Por suerte había reunido dinero para comprar una máquina de escribir. Pasaría en limpio las cuartillas llenas de garabatos, se dijo, e iría modificando, tachando, quitando e introduciendo gentes, pasajes, escenarios, transformando la narración hasta volverla irreconocible.

En el silencio de la madrugada el frenético golpe de las teclas se aceleraba hasta adquirir un ritmo demencial; el escritor se adentraba en un mundo que había sido en cierto modo suyo, pero también ajeno; escenarios y diálogos escritos a mano, al ser mecanografiados, se achicaban o ampliaban o desaparecían para dar lugar a otras conversaciones y pasajes, que indistintamente se acercaban o se alejaban de las vivencias del autor. Algo sí era evidente: Iván no cabía en esta trama.

Los bergantes nocturnos se detenían a veces en la puerta para admirar la velocidad de los dedos que saltaban sobre el teclado; pedían también cigarrillos, dinero. César decía:

—No tengo. No tengo nada. Nada de nada. Por favor, déjenme trabajar.

—¿Pero para quién tú trabajas? ¿Quién te paga por eso? —preguntaban algunos con incredulidad.

—Trabajo para mí mismo.

—¿Pero quién te compra todo eso que tú escribes?

—Nadie me lo compra. Nadie me paga. Por eso no tengo dinero. Por favor, déjenme trabajar.

—Otro loco más —murmuraba Alice, la mujer de Tomás, ajustándose los espejuelos oscuros, que amenazaban con caerse y poner al descubierto los ojos, que César en ese instante no deseaba mirar.

A veces el joven drogadicto de las cejas gruesas le dejaba en el marco de la ventana un ramo de flores.

—Para que se lo des a la vieja tuya —decía el joven—. Me los robo del restaurante chino. Ya vendí los otros, pero éste quiero regalárselo a ella. Dile que es un regalo de parte de tu amigo el Superkid.

César colocaba las flores mustias en un jarrón con agua. El matiz desvaído de las rosas se hacía aún más tenue contra el verde brillante del cristal. Con el paso de los días los pétalos y hojas se volvían quebradizos, finos como papel, hasta que al fin se reducían a polvo.

Una noche, el novelista reflexionaba sobre la posibilidad de intercalar un capítulo en el que el protagonista estuviera en la cárcel, acusado de conspiración. Pesaba pros y contras de la anécdota: no deseaba que la novela tomara un giro político, algo que había logrado evadir hasta ahora. Como todo cubano, César padecía la política como un virus que ocasionaba fiebre, que quebrantaba el cuerpo, la razón. Pero había logrado que su escritura no estuviera marcada por denuncias que a la larga, en su opinión, empobrecían el texto, ni por disputas que tuvieran que ver con cualquier irritante ideología. Sin embargo, la lucha en su cabeza continuaba, y se decía que la escena en la cárcel tal vez le serviría para encarar una de sus mayores inquietudes: el tema de la delación.

En ese instante sonó el teléfono.

—Hola —dijo en inglés una voz femenina que César ya casi había olvidado, al cabo de dos años sin oírla.

—¿Eres tú?

—Soy yo.

—No vas a creerme si te digo que en estos días he estado pensando mucho en ti —mintió César. Se sorprendió al experimentar un amago de erección.

Shirley comenzó por hablar de un vacío, de un vínculo de gratitud pero a la vez de hastío con su marido actual, de una añoranza de las citas nocturnas en la casucha de los trastos, de una foto que había guardado, de un sueño muy confuso que había tenido la noche anterior. Quería reunirse con César, verlo una vez, conversar frente a frente. Sin ataduras ni compromisos, dijo.

A la noche siguiente se encontraron en el estacionamiento de un hotel. César había alquilado de antemano un cuarto. En el ascensor, luego de un beso precipitado, se miraron fijamente, como si trataran de asegurarse de que no se habían equivocado de persona; se volvieron a abrazar, inquietos; caminaron nerviosos por el largo pasillo, palpándose, apretujándose; pero sólo en la cama lograron confirmar que a pesar de los años todavía eran los mismos. A través de la enorme ventana de cristal los edificios iluminados del centro de Miami alumbraban los cuerpos que retozaban, estrujando las sábanas. En el baño repiqueteaba el agua de la ducha, que en medio de la urgencia ambos habían olvidado cerrar. Luego fumaron en la quieta penumbra; el humo circulaba lentamente, sin tino, impregnando las cortinas de un picante olor.

—Mi esposo consiguió un trabajo en New York —dijo de pronto Shirley—. Nos vamos a mudar la semana que viene.

—¿Por qué no me lo dijiste antes?

—No quería que pensaras mal de mí. Quería verte antes de irme. A lo mejor no nos vemos más nunca.

—Nunca es una palabra absurda. Sólo se debe usar para decir: nunca se sabe.

—¿No tienes otra mujer?

—No —dijo César, acomodando la cabeza en la almohada—. Me siento bien así, solo. Sigo con mi novela.

—Tú eres un tipo extraño.

—Tú no lo sabes bien. Hablemos de otra cosa.

Pero tenían poco que decirse. Hicieron el amor una vez más. La próxima partida de Shirley, de que esto sólo significaba una cita, sin promesas ni insinuaciones de comenzar una vida en común, le daba al novelista la impunidad que necesitaba para adentrarse en la mujer confiado, absorto en el momento de la posesión, sin otra consecuencia que este minuto de cabellos y senos y labios y gemidos. El rojo del creyón dejaba marcas sobre los hombros y el pecho de César. Un perfume insistente se diluía en la piel.

Por último se bañaron juntos, salieron en silencio de la habitación, comieron pollo asado en un restaurante de comida cubana, mencionaron la posibilidad de una llamada de larga distancia, tal vez para el día de Acción de Gracias.

—Para entonces ya habré terminado mi novela —dijo César.

—Tendrás que traducirla al inglés, para que yo la lea.

—Bastante trabajo ya paso en español, pero voy a pensarlo. Tal vez sería un buen ejercicio. Cuando la termine no voy a saber qué hacer. A lo mejor me pongo a traducirla. Pero primero tengo que terminarla.

Al llegar a su casa por la madrugada, César decidió intempesti-
vamente encarcelar a su protagonista. Para recrear el ambiente de celda
sólo tenía que mirar con fijeza las cuatro paredes de la sala.

V

Tomás empezó a fumar crack en septiembre. Después de haber maldecido tantas veces la droga, causante de la ruina de su esposa Alice, él también sucumbió a los pedruscos color hueso. Comenzó a enflaquecer, a demacrarse, mientras el tórrido verano de Miami se aligeraba con ráfagas frescas, con nubes que a ratos extendían una indulgente sombra.

—¿Quieres acompañarme al infierno? —le preguntó Tomás a César una noche. Su rostro perturbado aseguraba que no se trataba de una broma—. Te pago si me llevas, no es muy lejos. El carro me acaba de dejar botado a dos cuadras de aquí.

César, paralizado frente al papel en blanco, sin lograr avanzar en la escena en que debían arrestar al protagonista, preguntó:

—¿Dónde?

—En unos trailers cerca de North River Drive. Tengo que recoger un material, pero tiene que ser ahora mismo. Es un lugar deprimente, pero te juro que no hay peligro.

—Háblame claro.

—Te estoy hablando claro. Tú me ves así, hecho mierda, pero yo soy un tipo de palabra, de buenos sentimientos. Yo no te voy a pedir que hagas algo que te traiga problemas. En la casa de enfrente se acabó el material, y el único lugar donde puedo encontrarlo a esta hora es allá. Yo conozco bien al que la vende. Va a ser rápido. Te voy a dar veinte dólares.

—Si la cuestión se demora me voy —advirtió César. En realidad no le importaba regresar tarde; mientras conducía el auto, con Tomás hablando sin parar a su lado, recordando como de costumbre sus años en la guerra, pensó que estaba harto de la literatura.

Las casas de remolque se apiñaban a la bajada del puente, entre robles frondosos, en una calle estrecha, sin alumbrado, que serpenteaba a la orilla del río, donde atracaban cargueros de metal oxidado, que esta noche permanecían inmóviles en el agua oscura.

—Aquí —dijo Tomás, señalando un trailer rodeado de chatarra. Un árbol caído contribuía a dificultar la entrada de lo que al parecer aún era una vivienda. Muebles rotos y viejos refrigeradores, entre los que sobresalía la hierba mala, se amontonaban alrededor del árbol. La luz distante que provenía del puente amarilleaba la maleza.

—¿Estás seguro de que no va a haber problemas? —preguntó César, apagando el carro.

—Seguro. Pero si quieres me esperas aquí, a mí me da lo mismo.

—Prefiero acompañarte —dijo César, y echó a andar detrás de Tomás por el laberinto de hierbas y basura. Gruesas cortinas cubrían completamente las derruidas ventanas del trailer. Adentro se escuchaban las risas y las voces de un programa de televisión.

—¡Jorge! ¡George! —gritó Tomás— Soy yo, David. El jinete de Tampa.

—¿Quién? —dijo una voz aflautada.

—Yo, viejo. David. David. El llanero solitario de Tampa.

—Ven por la otra puerta —dijo la voz—. ¿Tú estás solo?

—Ando con un amigo, gente buena.

—Si estás con tu mujer no puedes entrar. Me debe plata. No quiero verla hasta que no me pague.

—Ya yo me divorcié —mintió Tomás—. Hace semanas que no la veo.

Un hombre calvo, obeso, gigantesco, se asomó a medias tosiendo, suspicaz. Su enorme talla hacía dudar de que pudiera atravesar la puerta.

—Este es mi amigo César —dijo Tomás—. De absoluta confianza.

El hombre, en la incierta claridad, brindó una mano cubierta de anillos.

—Me llamo Jorge, pero me dicen George —dijo.

César rozó con cautela las prendas.

—Lindas joyas —dijo en voz muy baja. Deseaba sobre todo ganarse la simpatía del desconocido.

—Pasen —dijo George. Pero su mole infranqueable impedía el paso. Luego de mirar una y otra vez hacia todos los lados, se movió con pereza, contoneando su imponente cuerpo.

Al fin entraron. La sala, que despedía un hedor insufrible, estaba dividida por una reja. Del otro lado de los barrotes de hierro, dos jóvenes sin camisa, sentados en el piso, jugaban a las cartas, rodeados de una docena de gatos que dormitaban en diversas posturas. Uno de los muchachos, el joven cejijunto que regalaba flores, se levantó y gritó:

—¡Tomás! ¡César! Díganle al gordo que nos dé algo.

—¡Cállate! —dijo George— Sabes que estás de castigo. Te has portado muy mal, tú y Fernando. Pero por lo menos Fernando se calla —y volviéndose hacia los visitantes, preguntó—. ¿Quieren sentarse?

—Tenemos que irnos enseguida —dijo Tomás. Su rostro macilento había cobrado de pronto color. Sin embargo, su elocuencia habitual había disminuido, al parecer por la proximidad de su deseo, como les ocurre a los enamorados.

George se arrellanó en una poltrona, cuyos muelles gimieron, y descalzándose colocó los pies en una palangana de agua humeante.

—Van a tener que esperar —dijo George. Pronunciaba cada palabra lentamente, con una dicción meticulosa—. El asunto llega dentro de media hora. Mike fue a buscarlo.

—¡Mentira! —gritó el joven de las cejas gruesas—. Todavía le queda, pero no quiere darnos nada.

—No le hagan caso a ese puñetero zoquete —dijo George, aumentando con el control remoto el volumen del televisor—. Lo que pasa es que él no ha querido ganársela.

—¡Eso es mentira, mentira! —dijo el joven, sacudiendo los

barrotes—. Ya hice lo que querías. ¿Qué más quieres que haga?

—Fernando, dile al superkid que si no se está tranquilo se va a tener que ir —dijo suavemente George.

El otro joven, de mirada abstraída, echado sobre el piso tras la reja, le hizo a su compañero un vago gesto para que se callara.

César y Tomás se sentaron en un sofá hundido, del que brincó maullando un gato enjuto, que fue a parar al regazo de George, donde se acomodó con amplitud. Las aspas de un ventilador frente a la poltrona giraban estrepitosamente, opacando las voces en el televisor, en el que hombres y mujeres sonrientes jugaban a completar palabras en un tablero descomunal. Sobre la alfombra, a ambos lados de la reja, se apilaban latas y restos de comida. César no pudo evitar preguntar, señalando a los dos jóvenes:

—¿Qué hacen allí?

George se removió en la poltrona. Sus pies chapotearon levemente en el agua. Su cabeza y su cuerpo recordaban un ídolo sucio. Tomás contestó:

—Esperan.

—Eso parece una jaula —dijo César—. ¿Es una jaula?

—David —le dijo George a Tomás, sin mirar a César—, ¿quién es este amigo tuyo, tan curioso?

—Es un vecino que me hizo el favor de traerme en el carro, al mío yo creo que se le fundió el motor. Este es un hombre serio, Jorge. No usa drogas ni nada. Tampoco es un chivato. Es escritor.

George condescendió a mirar a César. Sus ojos felinos resaltaban en los pliegues grasientos del rostro.

—¿Qué escribes?

—Muchas cosas.

—¿De la vida real?

—Casi siempre, aunque no necesariamente —dijo César.

—¿Por ejemplo? —insistió George con un tono cortés. Su filosa mirada provocaba escozor.

—Por ejemplo, me gustaría escribir algún día esta escena. Ahora no, porque estoy terminando una novela. Pero después me gustaría incluirla en un relato, como una nota independiente. Sin muchas descripciones, ni explicaciones, una escena muy breve. Por supuesto que no mencionaría nombres, ni nada que pudiera comprometer a nadie. Por eso pregunté qué hacían esos muchachos detrás de la reja.

—Ya te lo dijo David, mi viejo amigo David —dijo George, colocando con delicadeza el gato sobre la alfombra—. Estos buenos muchachitos esperan. Entran por aquella puerta que está del otro lado, y se sientan allí a esperar. De vez en cuando hacen dos o tres cosas, pero siempre allí, pegados a la reja. Cuando quieren salir, salen por aquella misma puerta. No están presos, nadie los obliga a estar allí. Sencillamente no puedo dejarlos pasar para acá, porque me lo roban todo. Ellos dos, y otros que vienen a veces. No te confíes en sus caras de santos. Son unos delincuentes.

—¡Mentira! —gritó el cejijunto—. César me conoce. Yo no soy un delincuente.

—¡Cállate, zoquete! —dijo George. Su dejo al hablar tenía un remoto acento cubano, a pesar de pronunciar la z como los españoles—. Déjame concentrarme en paz en el programa. Yo antes acertaba todas las palabras, y ahora si acaso adivino una de veinte, como si se me estuviera olvidando el inglés. Ustedes me hacen perder la inteligencia. Sobre todo tú, superkid.

El joven golpeó los barrotes con los puños.

—Gordo, you know what you are? —gritó—. You're a fucking pussy. That's all. A fucking pussy.

César se levantó. No podía soportar el hedor que lo impregnaba todo, y que el aire del ventilador no conseguía atenuar.

—Tomás, lo siento, pero vas a tener que regresar a pie —dijo César—. Yo tengo que irme. No te preocupes, no me debes nada.

—Vamos a esperar un rato —pidió Tomás—. Por favor.

—No puedo. Tengo que irme a escribir.

—Por favor.

—No.

César se despidió con una servil inclinación de cabeza. Mientras aceleraba por las calles vacías, sin respetar señales ni semáforos, se fumó tres cigarros. En la cabeza le hormigueaban gestos, frases descabelladas. Sin embargo, al sentarse a escribir, no pudo continuar el capítulo que había comenzado a lo temprano. Se puso a describir con palabras muy secas los minutos pasados en la casa de remolque.

En la corta narración imitó deliberadamente a Dashiell Hammett. Luego leyó la antología de poetas desterrados. Memorizó unos versos de Heredia: "Como en huerta de escarchas abrasada, se marchita entre vidrios encerrada la planta estéril de distinto clima".

De mañana soñó que dos adolescentes tiraban de un carruaje, adornado con estatuillas en forma de gatos. Atravesaban una llanura ancha, que César reconocía y a la vez no quería reconocer. Sin embargo, con la infalible intuición del que sueña, no le cabía la menor duda de que el llano pertenecía a la finca que fue de su abuelo, al sur de Camagüey. Una figura obesa, en el pescante del coche, azotaba sin piedad a los jóvenes, que con la espalda cubierta de magulladuras avanzaban con dificultad por el camino vecinal. César caminaba a la par del carruaje, recogiendo del suelo pedruscos color hueso, que exhalaban un humo maloliente. De pronto las campanas de una iglesia repicaron estruendosamente en medio del paisaje silencioso.

César abrió los ojos y miró el cielo raso: el timbre del despertador rechinaba. En ese instante se le ocurrió que a su protagonista lo arrestaban mientras deambulaba por un trillo en el medio del campo. Tal vez, pensó, pondría en ese camino una carreta. A cada orilla de la estrecha vía habría montones de maleza y chatarra. En la ventana de un rancho de guano un hombre gordo y calvo presenciaría el arresto: su rostro inescrutable recordaría al de un ídolo. Sí, se dijo César al lavarse los dientes, no era posible que olvidara la forma en que fruncía las cejas. Ni sus ojos verdosos y felinos.

La mirada de ese hombre se había vuelto importante.

VI

En octubre Tomás fue a la prisión por robo; César fue a visitarlo y le llevó cigarrillos, chocolate y mantequilla de maní. El novelista sentía simpatía por su vecino, pero además quería rememorar su propia experiencia de prisionero y precisar los detalles del capítulo que debía transcurrir en la cárcel en Cuba.

En las noches de otoño (si es que era otoño el frescor que lo obligaba a ponerse una camisa después de medianoche, mientras tecleaba sin cesar en la sala), intentaba en vano no prestar atención al próspero comercio de la casa de enfrente. Alice, aprovechando que su marido se encontraba preso, salía y entraba del lugar con la destreza de una marchante fija. César daba a veces de comer a los niños, que en estado de absoluto abandono vagabundeaban por el vecindario.

El protagonista de la novela, condenado a diez años por motivos políticos, había iniciado dentro de la cárcel una ambigua amistad con otro prisionero: un hombre delgado de cabellos y bigote oscuros y piel muy blanca. La amistad se veía amenazada por las maquinaciones de otro preso, un calvo gigantesco de cuerpo repugnante, que mientras espiaba, sentado en su litera, los trajines y afanes en la estrecha galera, metía los pies en una palangana de agua hirviente.

Los lunes y los jueves, César ya no iba al centro comercial; sabía que Iván no volvería jamás. Shirley no había llamado; en una ocasión a César le pareció verla entrando en una tienda acompañada de uno de sus hijos, y pensó que tal vez la historia de la mudanza a New York era mentira. Por primera vez en mucho tiempo el novelista no mantenía relaciones amorosas con nadie; derrochaba su energía en las palabras, que surgían en hileras, oscureciendo la blancura arrogante del papel.

Pero señales a su alrededor le recordaban que los cuerpos buscaban acoplarse: la venta de drogas en la casa de enfrente había atraído al barrio a mujeres de diversas edades, dos o tres en plena adolescencia, que circulaban desde el anochecer con propuestas concretas en el rostro, en la forma de vestirse, de andar. Algunas se contoneaban frente a la puerta del novelista, mostraban con disimulo un seno al preguntar la hora.

—Estoy muy ocupado —decía César, golpeando con vigor el teclado, como un pianista venido a menos forzado a actuar ante un público ignorante.

Un travestido negro se recostaba al poste de la luz de la esquina; su falda corta dejaba ver la punta de su pene, que le colgaba entre los muslos, envuelto en un estuche de piel que parecía una vaina de navaja, o un monedero en forma de cilindro.

Ya nadie le preguntaba a César para quién o qué cosa escribía: los drogadictos de la zona lo conocían como el escritor loco. Poco antes del amanecer, en grupos o parejas, utilizaban su jardín para encuentros sexuales, o simplemente para fumar las piedras; César encontraba por la mañana, entre las plantas que su madre cuidaba con esmero, latas de cerveza tiznadas, agujereadas, torcidas, chamuscadas, y también prendas íntimas abandonadas tal vez por la prisa, o el asco, o la violencia. César se ponía un par de guantes de jardinero y con extremo tiento recogía, como si se tratara de desechos nucleares, los fragmentos de tela, embarrados a veces de sangre o secreciones, para depositarlos en un tanque de basura al final de la calle.

—Qué maldición —decía, mirando a todas partes, planeando una venganza. Una llovizna temperaba su ira. La madre en la cocina preparaba el café, recordando en voz alta una anécdota de principios de siglo: la boda de su hermana mayor, que se efectuó en la finca de los padres del novio, mientras caía una lluvia inclemente y espesa. Los ríos se inundaron, derribando los puentes, malogrando la luna de miel de la pareja, que pasó la semana encerrada en el cuarto de monturas, transformado con precipitación en cámara nupcial, ya que las otras habitaciones estaban repletas de parientes y amigos.

—Así llovió esa vez —decía la madre—. Diez días sin parar.

César, después de tomar el café, se marchaba al trabajo. Ya había olvidado la humillación de que desconocidos dejaran rastros vergonzosos frente a su propia puerta. Por la noche mecanografiaba vertiginosamente, mientras el aguacero, que iba y venía por rachas, empapaba la obstinada clientela que cruzaba corriendo.

El personaje encarcelado en Cuba meditaba en su celda sobre el significado de la libertad. Hombre que se movía mejor entre las abstracciones, que prefería extraviarse en las teorías antes que en la maraña de la realidad, no podía sin embargo dejar de preguntarse quién era el culpable de que se hallara preso. Alguien sin duda había delatado sus planes contra el régimen; planes que no habían sido más que apuntes ilegibles, o ácidos comentarios dichos en voz baja a amigos cercanos. Uno de éstos lo había denunciado, pero ¿cuál? El hombre, que odiaba y despreciaba a todo delator, tal vez nunca llegaría a saberlo.

Tras las altas ventanas enrejadas, que más bien semejaban claraboyas por donde apenas se filtraba la luz, la lluvia golpeaba el patio de cemento, las burdas tapias de mampostería, las garitas donde los centinelas cumplían la ronda con profusos bostezos. En la galera los presos dormitaban, con la excepción del personaje central de la novela y de su amigo, el otro prisionero de ojos negros que relucían en su pálido rostro, y que ahora lo miraba con absurda fijeza sentado en su litera; ambos tal vez querían conversación, pero adrede guardaban silencio. A lo temprano el calvo gigantesco había sido llevado al hospital, luego que un mandamás de la galera le había roto una pierna en una bronca.

Esta noche escampaba fuera de la prisión descrita en el papel, y escampaba a la vez en el barrio de César. En el jardín temblaban los restos de la lluvia. En ese instante el joven de las cejas gruesas, que cruzaba la calle, resbaló sobre un charco; gritando *fuck, fuck, fuck*! se levantó enfangado y se acercó a la ventana del escritor. Gotas de lluvia o de sudor corrían por sus mejillas rojas, inflamadas. Sus cejas se distendían y arqueaban como las de un payaso.

—César, dame un dólar nada más, viejito. Uno nada más. Mañana te pago tres. Tres por uno, ¡tres por uno! It's a deal, man.

El joven hacía muecas, gesticulaba, levantaba los brazos.

—No tengo plata, Andrés —dijo César, que ya se había aprendido los nombres de varios de estos paladines de la autodestrucción.

—Un dólar nada más, man —suplicó el muchacho.

—Ni un dólar, ni un penny, ni nada.

—Te vendo un radio.

—No.

—Un televisor a colores. Te lo vendo en cinco dólares.

—No veo televisión.

—Todo el mundo ve televisión.

—Los escritores no.

—¿Y un Rolex? Legítimo, de oro. No me digas que los escritores no usan reloj.

César, en contra de su voluntad, sonrió.

—Tampoco. Los escritores luchamos contra el tiempo. El tiempo es el enemigo.

«El tiempo es el enemigo», escribió de inmediato, olvidando el rostro angustiado en la ventana. El protagonista murmuraba la frase mientras caminaba de un lado a otro de la celda.

—El tiempo es el enemigo —repetía, evitando la mirada fija del otro prisionero.

—Tú eres un tipo cruel, man —dijo el joven drogadicto, y volviendo la espalda se adentró de un salto en la noche empapada.

«Tú eres un tipo cruel», escribió César. El otro prisionero, de cabellos oscuros y piel blanca, se había atrevido a hablar. «Tenía una voz cálida», escribió César, «con un acento singular. A veces se trababa al pronunciar ciertas palabras en español...». De repente los dedos se paralizaron sobre el teclado. ¿Qué podía hacer un hombre cubanoamericano, cuyo idioma era en realidad el inglés, en una cárcel de La Habana? César tachó el final de la frase y escribió: «Tenía una voz cálida, de inflexiones sutiles; una voz que obligaba a escuchar».

Si difícil era trasplantar a Iván a esta novela, más arduo era crear en ella un personaje que recordara a Shirley. Lo había intentado una vez y había sido un fracaso. Sin embargo, era absolutamente imprescindible que la amante del protagonista, que esa tarde iba a visitarlo a la cárcel por primera vez, sin haberle avisado, tuviera rasgos de la americana.

El novelista dedicó un par de horas a tomar notas sobre este personaje femenino. Físicamente sería una réplica de la que fue una vez la vecina de César: rubia, de grandes ojos verdiazules, labios finos, pómulos pronunciados, con un lunar en el seno derecho. Hombros levemente caídos. Buscando un hombre, un sostén, una columna en la que descansar su frágil estructura, una pared viril que la rodeara. Entregada al placer por intensos minutos, bajo el impulso de sus firmes caderas, para luego reclamar su porción de promesas, de papeles firmados, de apoyo monetario. Y por supuesto, de fidelidad. ¿Cuál iba a ser su nombre? Mercedes, Ana, Julia, María, Sonia, Gladys. El nombre era importante y el novelista no podía decidirse. Sin embargo, cuando narró la escena en que el protagonista la encontraba en el salón de visitas de la cárcel, el nombre surgió espontáneamente: Lucía.

—¿Qué haces aquí, Lucía? —había dicho alelado el prisionero, mientras la repentina claridad del sol que penetraba por los ventanales lastimaba sus pupilas, habituadas a la sucia penumbra de las celdas. Los ojos de la mujer se llenaron de lágrimas.

Shirley lloraba a veces, recordó César mientras escribía. Interrumpió la labor y quedó absorto, evocando los sollozos quedos.

Iván también había llorado.

Y antes que ellos, se dijo, otras personas que habían tenido relaciones con él también habían llorado. No porque César deseara hacer llorar a nadie, ni porque fuera un hombre cruel, como le había gritado el joven drogadicto, sino porque tal vez esa acción de llorar era parte vital del riesgoso intercambio del amor, o del agrio pesar del desencuentro, o de las injuriosas despedidas.

El propio César, que no lloraba con facilidad, también había tenido la debilidad de dejarse arrastrar por el llanto. Se había golpeado los muslos con los puños, había pedido perdón entre gemidos. Luego se había cubierto con las manos el rostro. Una vez. Años atrás. Casi lo había olvidado. Iván y Shirley no habían logrado llevarlo hasta ese punto. Y ahora que ambos ya no podrían hacerlo, aparecían cambiados, disfrazados, en las páginas de su novela. Era preciso infundirles valor. Los dedos adquirían velocidad y las teclas batían contra el rodillo, cubierto por el terco papel blanco que absorbía las palabras sin cesar.

VII

En vez de la frialdad, de la brisa cortante que ofrecería un respiro a los habitantes de esta ciudad del trópico, al sur de la Florida o al norte de La Habana, perpetuamente castigada por un viscoso calor, los días de Navidad sólo trajeron ráfagas de aire grueso.

A pesar de la saña de la naturaleza, árboles repletos de esferas de colores, de franjas luminosas, de hebras platinadas, se multiplicaban por todo el vecindario. Las casas recargadas de ornamentos se habían vuelto vitrinas, e incluso la madre de César había colocado una modesta guirnalda en la puerta.

En Nochebuena César cenó con ella a lo temprano, y ahora deambulaba pensando que le había sido imposible terminar su novela para esa fecha, como se había propuesto. Sin embargo, ya sólo le faltaban unas pocas páginas. El ficticio y efímero paisaje dominaba cada rincón: casas iluminadas con múltiples matices; José, María y el niño en el pesebre, encaramados peligrosamente sobre un techo escarpado, rodeados de trineos, de venados, de duendes, de santa claus robustos; pinos escarchados desde las raíces hasta las altas copas, coronadas con chispeantes estrellas; la sagrada familia y un grupo de pastores, dispersos esta vez por los jardines donde plantas y flores refulgían; los reyes magos obstruyendo la entrada de un garaje, manteniendo un precario equilibrio sobre tiesos camellos, a punto de tropezar con el flamante carro en el drive—in.

Navidad. César, mientras paseaba por el barrio adornado, reflexionaba sobre esa palabra. Cristo nacía otra vez; un hombre misterioso que alteró el calendario. Sin embargo, su nacimiento sólo se hizo importante por su muerte, se dijo; los clavos en la cruz, la invocación, el cielo oscuro en pleno mediodía. Dios mandó su hijo al mundo para que naciera, pero sobre todo para que muriera. Una historia fuera de lo común. Padres e hijos... Su padre, recordó el novelista, eludió la tarea de ocuparse del hijo y se lavó las manos, casi literalmente, con alcohol. Otra novela que escribiría algún día, quizás después de que terminara ésta. De inmediato regresó y comenzó su trabajo nocturno.

En la casa de enfrente parecía celebrarse también el nacimiento. No había colores ni árboles ataviados, pero los numerosos visitantes entraban y salían sin sigilo, e incluso se escuchaba la algarabía de músicas y risas.

César, contagiado por la festividad, había dejado libre a su protagonista gracias a una amnistía, y ahora su amante Shirley (sonrió al comprobar que se había equivocado de nombre; lo tachó y puso en letras mayúsculas LUCIA, para no olvidarlo) lo había alojado temporalmente en su cuarto de La Habana Vieja. El ex prisionero y la mujer hacían el amor en la cama desvencijada, inmersos en el calor rotundo de la noche habanera, aumentado por la temperatura de sus cuerpos. Afuera el ruido del vecindario, al parecer insomne, amortiguaba los dementes quejidos, las frases que ambos se susurraban durante la febril penetración; gritos y melodías y carcajadas circulaban a su alrededor, como un trasfondo de continua vida a la que los amantes contribuían con furia.

El novelista, luego de describir en detalles la escena, que terminó entre espasmos, se masturbó en el baño. Evocó su último encuentro con Shirley en el hotel, que era también la última vez que había tenido relaciones sexuales. En el recuerdo a veces se mezclaban imágenes distintas: un cuerpo poseído junto al mar, una piel blanca con gusto salobre. Eyaculó sentado en la bañera y abrió el agua caliente de la ducha para quitarse los rastros de lujuria y seguir escribiendo.

Al salir a la sala, sosegado, se detuvo de repente en vilo: la máquina de escribir no se encontraba sobre la mesa, ni en ninguna otra parte, y el aire tibio que entraba por la puerta de par en par hacía revolotear sobre el piso y los muebles los cientos de hojas mecanografiadas. Otras volaban neciamente hacia el jardín. César las recogió con desesperación, como fragmentos de su propio cuerpo, aterrado de sólo pensar que una de las páginas, arrastrada por el viento, podía extraviarse para siempre. Las colocó una a una en el sofá, palpándolas, contándolas, verificando su numeración, leyendo párrafos a toda prisa, como si las palabras hubieran corrido el riesgo de desaparecer durante el breve vuelo. Después de comprobar que no faltaba ninguna, salió a la calle y gritó:

—¡Hijos de puta!

Un insulto dirigido al ladrón, o a la ladrona, pero también a las nubes, al barrio. El bullicio que cundía por todo el vecindario opacó el improperio. Sólo la casa de Alice y Tomás se encontraba silenciosa y oscura; sus puertas y ventanas abiertas revelaban un interior desnudo, iluminado apenas por el alumbrado en la calle. César tocó a la puerta. Al nadie contestar entró en la sala, en la que apenas una silla indicaba que se trataba de un lugar habitado. Una grieta en la pared zigzagueaba como el vestigio de un temblor de tierra.

—¡Alice! —llamó César, sobrecogido por el mal olor que emanaba del piso.

—¿Qué quieres? —preguntó la mujer con voz opaca, desde el cuarto.

—Me robaron la máquina de escribir —tartamudeó César, que temblaba de ira.

—¿Qué?

—¡La máquina de escribir, Alice! La única puñetera cosa que tengo en mi jodida casa que vale algo para mí.

—A mí me robaron mis hijos.

César apartó la raída cortina. Alice, sentada en el borde de la cama, completamente desnuda excepto por un viejo sombrero que cubría su cabeza, se empolvaba en la penumbra frente al espejo.

—¿Dónde están los niños? —preguntó César, recostándose a la pared para intentar recobrar el equilibrio.

Alice acercaba su rostro al azogue mientras se frotaba con la mota el cutis.

—La trabajadora social se los llevó, dice que yo era una mala madre. Yo, que he sacrificado mi vida por ellos. La muy perra se los llevó. Vino y armó un alboroto, con policía y todo.

—Con policía —susurró César. Aunque la escasa luz no le permitía valorar totalmente la figura, era obvio que la espalda tenía una curva grácil. El cabello abundante mantenía un claro brillo. Sin embargo, los senos empezaban a doblarse hacia abajo.

—A mis hijos —dijo Alice, que casi a ciegas intentaba ahora pintarse la boca—. Hijos que yo parí, que yo misma parí.

—¿Quién puede haber robado mi máquina de escribir, Alice?

La mujer dejó de maquillarse y se volvió gritando:

—¿Cómo me puedes hablar de una máquina de escribir, cuando yo te estoy hablando de mis hijos?

César guardó silencio mientras se desabrochaba la camisa. La desnudez en la sombra caliente le estorbaba la respiración. Luego bajó la cabeza y dijo:

—Seguro que van a estar bien atendidos. No les va a faltar comida, no les va a faltar nada.

—¡Les voy a faltar yo! —chilló la mujer, y arrojó la polvera y el creyón de labios contra el piso— ¡Y ahora no tengo ni electricidad! ¡Esta mañana me cortaron la luz!

—Me hace falta la máquina de escribir, Alice.

La mujer, gritando obscenidades, le lanzó a César un zapato, luego una almohada, luego una toalla reducida a jirones, y por último un pote de crema que se estrelló contra la pared. El novelista, súbitamente agotado, salió a la calle. Sobre la falsa nieve que adornaba los techos, sobre los árboles con bolas y guirnaldas flotaba ahora un famoso canto: un antiguo estribillo de celebración.

César entró a su casa, marcó el número de la policía y dio un informe escueto. Luego dormitó un rato en el sofá.

Tuvo un sueño que lo regocijó: viajaba velozmente por el sur de España, acostado en la litera de un tren. Colinas tapizadas de olivares, casas inmemoriales blanqueadas con cal, esparcidas como signos de la insistencia humana a través de los siglos, barrancos que guardaban en su fondo cintas de agua espumosa, cruzaban frente a sus ojos como dibujos de un gigantesco lienzo. César se sentía penetrar en el mundo de sus antepasados, descender hasta el fondo de sus escondrijos, protegido por espesas nubes que formaban en el cielo metálico el rostro de su abuelo.

Caballos desbocados, de crines relucientes, trotaban con disloque junto al tren, que a la larga no resultó ser tal: César se dio cuenta de pronto de que viajaba en una especie de ataúd de cristal, y que su cuerpo se hallaba aprisionado por una mortaja, tejida con hilos en forma de palabras, que se apretaban hasta formar frases interminables, exclamaciones e interrogaciones, párrafos enroscados alrededor de verbos: un lenguaje opresor que a la vez liberaba, y a través del papel manifestaba en trazos los júbilos y trances de su vida.

Lo despertaron las sirenas de los carros patrulleros y los gritos.

Salió al jardín y se agachó junto a una palma cana, detrás de una fila de arbustos. Recordó que en momentos semejantes los personajes fumaban en la sombra, y a veces sonreían apretando los labios. Pero él se quedó quieto, con el rostro cerrado, mientras acariciaba con la mano derecha las fibrosas raíces de la palma.

A las carreras en la casa de enfrente, a la gritería ronca, se sumaban órdenes a viva voz:

—¡Alto! ¡La policía! ¡Alto! ¡Alto!

Un disparo retumbó en el aire. Alguien chilló, volvió a chillar. Sombras en fila, con los brazos en alto, entraban dando traspiés en las perseguidoras, entre empujones, insultos y alaridos. Los vecinos inundaban la calle, algunos con copas en la mano, como si hubieran decidido brindar al aire libre, sin saber si reír o llorar.

Por último los autos policiales partieron con un estruendo, haciendo rechinar sirenas y gomas, como si la justicia no fuera compatible con la discreción. César no se movió hasta que desaparecieron. Luego, arrastrando los pies, entró en la casa.

—¿Qué cosa fue ese ruido? —le preguntó la madre desde el cuarto— ¿Era la policía o los bomberos?

—Cosas de las fiestas —dijo César. —Tengo hambre, voy a calentar un pedazo de carne.

Una vez que terminó la cena, afiló con lentitud los lápices: era preciso, antes de llegar al final de la novela, ampliar los escenarios, sustentar otra vez los personajes, rehacer y suprimir. El silencio descendía sobre el barrio. Ruidos lejanos empañaban a veces la transparencia de la madrugada. Deliberadamente, con la mano inmóvil, postergó un poco la primera frase.

Luego, sin dudas, apretando hacia abajo la punta de grafito, describió a un hombre que después de cambiar vidas ajenas echa una siesta debajo de una palma.

La herencia

a *Fernando y Miñuca Villaverde*

Guardo entre mis objetos personales docenas de fotos de unos desconocidos, y ahora, al mudarme de casa, cuando debo decidir qué llevaré conmigo, no sé qué hacer con ellas. No tengo valor para condenarlas al cementerio vulgar de la basura, pero cargarlas significa también participar de una inmortalidad que no es la mía. Yo no soy Dios. Los recuerdos que muestran son ajenos, las memorias de un hombre que en su juventud vivió en París: fueron sus manos las que sujetaron la cámara, fueron sus dedos los que pulsaron una y otra vez el simple obturador para dejar constancia de esos rostros franceses, de ese cielo francés, de ese río que divide tenaz una ciudad que quiso ser, o fue, la capital del mundo. Al menos así quiso verla Ariel.

Yo lo iba a visitar en su lecho de muerte. Pero eso fue después. Yo lo iba a visitar cuando aún no estaba enfermo, o lo estaba, pero no como luego, cuando el mal se extendió por su cuerpo con saña peculiar.

Yo lo iba a visitar porque era mi paisano, porque ambos luchábamos contra el azote de nuestro alcoholismo —yo hacía cinco años que había dejado de beber cuando lo conocí, cuando me pidió ayuda para él también escapar del alcohol, a pesar de que ya en ese instante él sabía que estaba condenado a morir: los análisis habían delatado recientemente la presencia del virus—, porque era un hombre solo, sin familia, aferrado a los años de su niñez y su adolescencia en Cuba, y a los años de su juventud en Francia, donde esos rostros, esa gente desconocida sonríe perpetuamente desde la invariable prisión de las fotos: en cafés, en balcones, en plazas donde los árboles han perdido las hojas, en bancos junto al Sena, en los cimientos de la Torre Eiffel, en la escalera que sube al Sacré-Coeur.

Yo lo iba a visitar y lo escuchaba, sentado en la ventana que daba al río Miami, con su carga de barcos de proa oxidada que cabeceaban en el agua sucia, frente al puente levadizo donde los automóviles se apretaban en fila. Hacía calor. Me explicaba su vida en Camagüey, y a pesar de que hablaba de mi ciudad natal, su Camagüey era distinto al mío; pero yo comprendía que esa era su memoria, igual y diferente, evidente y oculta. Lo mismo ocurre con estas fotos donde reluce el Boulevard de Clichy, donde estos hombres brindan incesantemente con cognac y vino: esta calle, esta gente, son también su memoria, y en vano trato de verlas como mías.

Sin embargo, allí están. Un joven marsellés —se llamaba Roland; Ariel me contó incluso pasajes de su vida— se inclina para acariciar un gato callejero en un café de Montparnasse. En la acera, una mujer que carga una maleta se dirige con prisa a un destino incierto. Roland sonríe; el gato se somete a una caricia que tal vez no deseaba. Los animales suelen disimular cuando tratan de conseguir algo; los animales mienten.

Ariel no. Aunque sí, tal vez mintió, al final de su vida. Sobre todo a sí mismo. Pero en su adolescencia exhibía su verdad: un muchacho fuera de lo común, con pelo largo y barba, para disgusto de sus ancianos padres, que veían en aquel hijo extraño el reflejo de la convulsa situación en Cuba en los años sesenta, como si todo pudiera explicarse por gobiernos o por filosofías. Ariel, harto de todo, abandonó su casa, frente a la catedral de Camagüey, al cumplir los diecisiete años. Le molestaban el patio colonial por el que transitaban gatos simuladores, las campanadas de la iglesia que llamaban a ritos en los que poca gente creía a esas alturas, la cruel maledicencia que se esparcía a través de la quieta capital de provincia.

Vivió en La Habana hasta el setenta y ocho. En el Parque Central conoció al marsellés que más tarde gestionó su partida de Cuba. Lo conoció en agosto; en La Habana estallaban el calor y la luz; la ciudad agrietada dejaba escapar polvo por sus hendiduras. Las noches en el cuarto del hotel donde se hospedaba el francés no eran parte de la realidad; las voces enronquecidas por el licor susurraban promesas, hacían planes sobre el futuro común en algún sitio del venerable continente europeo, mientras la lluvia lavaba los árboles y las inmundicias en el Paseo del Prado.

Era un joven hermoso, el marsellés, me decía Ariel mientras mostraba las fotos que le tomó unos años más tarde en Montmartre, a la salida de un espectáculo teatral chillón, rodeado de actores con facha de payasos.

Yo también era bien parecido, me aseguraba Ariel con un remoto orgullo, con la gastada vanidad de quien sabe que la vida se escapa. Podía mostrarme fotos de sí mismo, me repetía, si acaso yo dudaba. Yo le decía que no, que no era necesario, que a pesar de los estragos de la enfermedad (aunque los verdaderos estragos irrumpieron más tarde) me daba cuenta de que en efecto fue un hombre agraciado.

Roland me decía *majo, guapo*, me contaba Ariel, imitando el acento que el marsellés, un perpetuo viajero, había aprendido cuando vivía en Madrid (¿o había sido en Jaén, o en Toledo, o en Málaga?).

Yo lo escuchaba mientras observaba las aguas del río Miami, cubiertas por una capa oscura y aceitosa. Una nube irritante de mosquitos flotaba en el jardín, al pie de la ventana. A veces un barco pitaba con estruendo al cruzar bajo el puente.

Con el álbum abierto me explicaba las fotos, las mismas que yo repaso ahora: Notre-Dame con su hilera de santos de otros tiempos, representando la eternidad en piedra. Un grupo de franceses, amigos de Roland, ahítos después de una cena con queso y vino, se entusiasman porque un extranjero (Ariel siempre lo fue) les grita que sonrían al operar la cámara. Un burro rebuznaba mientras tomé esa foto, me contó Ariel. ¿Tú te imaginas, un burro cruzando la plaza frente a Notre-Dame? Así es París. Allí prosperan la variedad, la vida.

No siempre, sin embargo. Porque aquí, a la entrada del Louvre, Roland ya no es el mismo. Ha adelgazado, ha envejecido, a pesar de que sólo han transcurrido tres años entre esta foto y la del gato de Montparnasse. Roland oculta a medias su rostro demacrado con unas gigantescas gafas oscuras, como Elton John, o más bien como un hombre enfermo que protege su orgullo lastimado, que procura esconderse tras cristales, tras cualquier cosa que sirva de cortina. Eso fue hacia el final, me dijo Ariel. Creo que ésta fue la última foto.

Luego no quiso retratarse más.

Muy diferentes son las fotos anteriores tomadas en Marsella, en este viaje por el sur de Francia, donde mujeres rechonchas, tías de Roland, respiran a sus anchas el aire espléndido del Mediterráneo. Un matrimonio se ha tendido con Roland y otro amigo a almorzar en la hierba, como en el cuadro de Manet, aunque la mujer se encuentra totalmente vestida; incluso se abriga con un chal. Ese invierno, uno de los más ásperos de los años ochenta, acaba de pasar, pero aún no puede hablarse de la llegada de la primavera. Luego descienden hasta un arroyo escoltado por piedras puntiagudas, donde abreva con parsimonia un caballo marrón. Más tarde cenan en la terraza de un viejo restaurante, en el medio del campo, frente a una fortaleza del siglo XIV que se levanta sobre una colina. Uno espera descubrir de repente, encima de una almena, el espectro de un señor feudal. Las botellas, las copas, brillan y chocan con su líquido que promete alegría. Después el mismo grupo retoza sobre un puente; el viento agita desmesuradamente los cabellos; las nubes cortan las cimas de las lomas; la carretera serpentea en la distancia. Las fotos en el puente están fuera de foco: Ariel se había pasado de tragos esa tarde.

Por la noche se desmayó, en el tren de Marsella, luego de haber insultado a una inofensiva pareja de italianos que viajaba con ellos. En la estación, Roland tuvo que pedir el auxilio de un guardia para llevarlo a rastras al taxi. En el hotel prometió abandonarlo si continuaba bebiendo de esa forma. Se había cansado de él, gritó Roland. Cubano ingrato, borrachín asqueroso, *soûlaud, bordel, va te faire foutre*!

Ariel juró no tomar más; cumplió su juramento por tres días. Pero a la larga Roland no lo dejó.

O mejor dicho, sí; lo abandonó al morir, luego que aquella rara enfermedad, aquella plaga de la que comenzaba a hablarse dondequiera, y que atacaba sobre todo a los que amaban como él, como ellos dos, devastó por completo su cuerpo; Ariel permaneció a su lado hasta el final, en el grisáceo hospital de París, del cual no hay fotos; a Ariel sólo le interesaba retratar el placer; por eso el álbum fue lo que dejó, lo que me encomendó. Me dijo, cuando apenas le quedaban fuerzas para hablar: Aquí lo tienes. Es la prueba de mi felicidad.

Y ahora que debo mudarme, me pregunto si es preciso que lleve conmigo esta prueba de su felicidad a cuestas. ¿La arrastraré conmigo, toda la vida? ¿Para probarle qué, a quién? Pero no me decido a condenar su álbum al cementerio vulgar de la basura. Lo miro, lo repaso y luego busco, entre esta multitud de rostros que jamás vi excepto en estas fotos, el de Ariel; es extraño que apenas se dejó retratar en esta época de plenitud; tal vez estaba demasiado ocupado en obtener imágenes; la avidez por su entorno lo hizo olvidarse de sí mismo; quizás esa vehemencia es la prueba más fuerte de su alegría.

Pero aquí está, en el centro de una nave de iglesia magistralmente iluminada. Por los vitrales de la Sainte-Chapelle penetra el sol que se deshace en arcos de colores. Ariel ha alzado el brazo, tal vez pidiéndole al fotógrafo que no lo retrate en ese instante, por el pudor de no mostrar su gozo; pero la cámara disparó, absorbiendo cada partícula de luz, cada rasgo; aquí está, en el centro de un sitio donde una vez los reyes doblaron sus rodillas; levanta el brazo, ríe, vivaz, iluminado, en la cresta de la ola, feliz con el amor que a la larga resultó ser mortal.

NOTA

En el relato *La estrella fugaz*, las escenas de la mujer enloquecida están basadas en parte en una idea de Guillermo Rosales, mientras que la frase «Las llamas impulsadas por la brisa de la medianoche» aparece en *La vieja Rosa* de Reinaldo Arenas. Quiero agradecer una vez más la colaboración de ambos. Hasta siempre, amigos.

Carlos Victoria nació en Camagüey, Cuba, en 1950. En 1965 ganó el premio de cuentos auspiciado por la fundación de la revista El Caimán Barbudo. En 1971 fue expulsado por «diversionismo ideológico» de la Universidad de La Habana, donde cursaba estudios de Lengua y Literatura Inglesa. En 1876 fue arrestadopor la Seguridad del Estado cubana y todos sus manuscritos fueron cofiscados.

En 1980 salió de la isla por el puente marítimo Mariel-Cayo Hueso y desde entonces sus cuentos han aparecido en antologías y revistas de Estados Unidos, España, Frnacia, Alemania y América Latina. En 1985 uno de sus relatos fue incluido en la selección anual de Le Monde. Ha publicado el libro de relatos *Las sombras en la playa* (1992) y las novelas Puente en la oscuridad (premio Letras de Oro, 1993, auspiciado por American Express y dirigido por la Universidad de Miami. El escritor español Camilo José Cela fue el invitado de honor para entregar el premio), *La travesía secreta* (Ediciones Universal, 1994) y *La ruta del mago* (Ediciones Universal, 1997).

Carlos Victoria fue redactor del periódico The Miami Herald, ha sido galardonado con la prestigiosa Beca Cintas. Uno de los iniciadores, junto a Reinaldo Arenas, de la revista Mariel (1983-1985). Cuando Reinaldo Arenas sintió la cercanía de su muerte confió en Carlos Victoria el cuidado y revisión de su obra no publicada como la novela *El color del verano.*

Algunas de sus obras fueron publicados en Francia. *El resbaloso* se publicó en francés con el título de *Le glissant* (Autrement, 1998) y *La ruta del mago* apareció como *Abel le magicien* (Actes Sud, 1999).

Falleció en Miami en el año 2007. Es reconocido como uno de los mejores escritores cubanos exiliados.

Otros libros publicados en la Colección Caniquí (Narrativa) de Ediciones Universal:

PORQUE ALLÍ NO HABRÁ NOCHES, Alberto Baeza Flores
LOS POBRECITOS POBRES, Alvaro de Villa
EL ESPESOR DEL PELLEJO DE UN GATO YA CADÁVER, Celedonio González
LA TRISTE HISTORIA DE MI VIDA OSCURA, Armando Couto
SEGAR A LOS MUERTOS, Matías Montes Huidobro
LA VIEJA FURIA DE LOS FUSILES, Andrés Candelario
LA VIDA ES UN SPECIAL, Roberto G. Fernández
BALADA GREGORIANA, Carlos A. Díaz
LOS BAÑOS DE CANELA, Juan Arcocha
PAPÁ, CUÉNTAME UN CUENTO, Ramón Ferreira
NO PUEDO MAS, Uva A. Clavijo
TRECE CUENTOS NERVIOSOS, Luis Ángel Casas
LA LOMA DEL ANGEL, Reinaldo Arenas
EL EMPERADOR FRENTE AL ESPEJO, Diosdado Consuegra
VIAJE A LA HABANA, Reinaldo Arenas
MAS ALLÁ LA ISLA, Ramón Ferreira
HONDO CORRE EL CAUTO, Manuel Márquez Sterling
EL CÍRCULO DEL ALACRÁN, Luis Zalamea
EL PORTERO, Reinaldo Arenas
NI TIEMPO PARA PEDIR AUXILIO, Fausto Canel
EL COLOR DEL VERANO, Reinaldo Arenas
EL ASALTO, Reinaldo Arenas
LAS CHILENAS, Manuel Matías
LAS PEQUEÑAS MUERTES, Anita Arroyo
CUENTOS DEL CARIBE, Anita Arroyo
CUENTOS PARA LA MEDIANOCHE, Luis Angel Casas
CUENTOS CUBANOS, Frank Rivera
CRÓNICAS DEL MARIEL, Fernando Villaverde
LA BREVEDAD DE LA INOCENCIA, Pancho Vives
EL AÑO DEL RAS DE MAR, Manuel C. Díaz
ESTE VIENTO DE CUARESMA, Roberto Valero Real
EL JUEGO DE LA VIOLA, Guillermo Rosales
RETAHÍLA, Alberto Martínez-Herrera
LA TRAVESÍA SECRETA, Carlos Victoria
SIEMPRE LA LLUVIA, José Abreu Felippe
CELESTINO ANTES DEL ALBA, Reinaldo Arenas
UN PARAÍSO BAJO LAS ESTRELLAS, Manuel C. Díaz
LA ESTRELLA QUE CAYÓ UNA NOCHE EN EL MAR, Luis Ricardo Alonso
MONÓLOGO CON YOLANDA, Alberto Muller
LA CÚPULA, Manuel Márquez Sterling
ADIÓS A MAMÁ, Reinaldo Arenas
UN VERANO INCESANTE, Luis de la Paz
A DIEZ PASOS DE EL PARAÍSO (cuentos), Alberto Hernández Chiroldes
LA 'SEGURIDAD' SIEMPRE TOCA DOS VECES Y LOS *ORISHAS* TAMBIÉN (novela), Ricardo Menéndez

Obras de Carlos Victoria publicadas por Ediciones Universal:

LAS SOMBRAS EN LA PLAYA, Carlos Victoria (1992)

LA RUTA DEL MAGO, Carlos Victoria (1997)

EL RESBALOSO Y OTROS CUENTOS, Carlos Victoria (1997)

EL SALÓN DEL CIEGO, Carlos Victoria (2004)

LA TRAVESÍA SECRETA, Carlos Victoria